Dr.エポック

くたばれヤンキース！

荻原雄一

未知谷
Publisher Michitani

目次

Dr.エポック　くたばれヤンキース！

第一章

1

「筒見さんですね」

「誰だね、きみたちは」

自己紹介は後です。その男は低い声で呟きながら、トンボ型の茶色いレンズのサングラスを額に持ち上げた。そして、左目をつむると、頭を右肩に傾けて、びくんと元の位置にまで跳ね上げた。なんなんだ、この所作は。

また彼の左右には、チョコレート色の肌で、体の大きな、見るからにロコと思われる二人の男が控えていた。筒見は彼らの顔を交互に見上げた。やはり二人とも、鼻の頭に真っ黒いレンズのサングラスを載せている。でも、どういうわけか、筒見は彼らを恐ろしいとは思わなかった。

「まるでやじさん、きたさん、だな。どこか抜けている」

筒見は胸の中でにやりと笑った。

「すると、真ん中の男は、さしずめ水戸黄門様か」

しかし、事態は筒見が感じているほど安穏ではなかった。この水戸黄門様が、右手の人差し指を突き立てて、前方の筒見の方に直角に折り曲げた。

「クイックリー！」

やじさんときたさんが、さっと動いて、たちまち筒見は両腕を絡め取られた。

「筒見さん、ちょっとご足労願います」

「わたしを西武士グループの筒見だと知っての狼藉か」

「もちろんです」

その男は唇を笑いの形にした。しかし、笑い声は立てなかった。筒見は両足が勝手に震えて困ったけれど、口先は自由に動いた。

「大型のショッピング・モールなら、ここサイパンには作らない。きょう一日、島の端から端まで見て回って、さっき断念した」

「なんの話ですか」

トンボ眼鏡の男は、首を傾げて、口を半ば開けたままにした。

「なんの話って、きみたちは、大型ショッピング・モールに建設反対の、地元商店街の連中なのだろう。さっきも言ったが、計画は中止だ。だから、もう胸を撫で下ろして、さっさとうちに帰れ。そして、母ちゃんと夕飯でも食って、とっとと寝ちまえ」

「いや、そんなロコじゃありません。あなたが一人になる瞬間を、ずっと待ち受けていました」

「大きな声を出すぞ」

ここは西武士系の一流リゾート・ホテル、サイパン・プリンセス・ホテルのロビーだ。ヘルプ・ミーと叫べば、ホテルのセキュリティーがすっ飛んで来るだろう。

「おいっ」

トンボ眼鏡の男が、また短く叫んだ。すると、筒見の両脇を固めていた男たちが、さっと筒見の腕を放した。しかし、解き放たれたわけではなかった。彼らは空いた手を自分のズボンのポケットに突っ込むと、すぐに抜いて、筒見の背中になにか冷たい尖った物を突きつけた。そのうちの一つは、筒見の心臓の裏側に当てられた。

「わかった。それをしまってくれ」

「おいっ」

トンボ眼鏡の男は、ふたたび同じ言葉を叫んだ。二人の男たちは、すぐにズボンのポケットにそれを戻して、また筒見の両腕をがんじがらめにした。殺す気はないな。筒見はそう判断して、少し落ち着いた。すると、両脇にいる男たちの腕の筋肉が、肌にじかに伝わって来た。

「こいつらは、プロだ」

筋肉が異常なほど鍛えられている。筒見の胸の中に新たな不安がじわりと広がった。

トンボ眼鏡の男は、ホテルを出るときに、セキュリティーに片手を上げて、二人で微笑み合った。

「だめだ、ロコはみんなグルだ」

筒見はまた胸のうちで呟くと、いっそう絶望的な気分に陥った。前を歩くトンボ眼鏡の男は、一度も筒見を振り返らないで、さっさとホテルの駐車場に向かった。年代物の大きなシボレーの横に来ると、後ろのドアが開けられて、筒見は後部座席の真中に放り投げられた。筒見の右側にはトンボ眼鏡の男が乗り込み、左側には屈強な体つきの男のうちの一人が詰めた。もう一人の筋肉隆々の男は、運転席に坐って、キーを半回転させた。

2

年代物の大きなシボレーは、ガラパンの繁華街を抜けて、ビーチ・ロードを南に向かって突っ走った。右側通行のサイパンだから、クルマのすぐ右脇にフィリピン海が広がっていた。夕日が海に落ち始めていて、その手前に停泊している砂取り船を錆色に塗りたくっていた。

筒見がすぐ脇のビーチに目を遣ると、旧日本軍の戦車が記念碑として飾ってあった。

「ちっこいでしょう」

トンボ眼鏡の男が、筒見の顔を振り向いて、同意を求めてきた。しかし、筒見はなにも答えなかった。

誘拐犯と会話を楽しむ趣味はない。

「これでアメリカに勝とうとしていたのですよ」

トンボ眼鏡の男は、にやりと笑って、今のイラクや北朝鮮と比べても、昔の日本の方がはるかに無謀でしたねと付け足した。

「アメリカや読捨ジャイアンツの一人勝ちを打ち破るには、それなりに戦力を整えないとね。根性や大和魂だけでは、とうてい勝てない」

この男はいったいどこの国の人なのだろうか。筒見は腕組みをして、首を傾げた。日本語はぺらぺらだ。日本のプロ野球事情にも、ある程度は通じているようだ。しかし、この男は、国際問題と日本のプロ野球を同じレベルで語る。いったい、何者なのだろう。どこかの国の諜報部員か。筒見がそう疑って、ふたたび首を傾げた瞬間だった。

「うわおっ」

クルマを運転していた筋肉隆々の男が、海の方を指差して叫んだ。後部座席の三人も、何事かといっせいにその指の先を見つめた。

「グリーン・フラッシュだ」

筒見の右隣の男が大声を張り上げながら、トンボ眼鏡を外した。夕日が一瞬のうちに緑色に変わっていて、海面も砂とり船もビーチも道路も通行人も、サイパンのありとあらゆるものを苔色に染め抜いた。

「チョー・ラッキーね」

筒見の左隣の屈強な男が、妙な日本語で叫んだ。

「うん、幸先がいい」

トンボ眼鏡を外した男が、おとなしい物言いで応じたあと、筒見に顔を向けた。

「筒見さん。グリーン・フラッシュは初めてですか」

筒見は顔を右横に向けて、その男の顔を覗き込んだ。その男は目が大きくて、はっきりとした二重瞼だった。しかし、どう見てもこけしの目入れに失敗したような垂れ目で、ハワイ二世か南米人のように愛嬌のある顔立ちだった。

「ああ、初めてだ」

筒見はつい答えてしまった。

「そうですか。ロコでも、見た経験のない人がほとんどです。一年に一、二回。それも三十秒ほどで終わってしまいますからね。ほら」

緑色の夕日は、瞬く間に錆色に戻ってしまった。

「ロコは今の光をラッキー・フラッシュって呼んでいます。これを浴びた者には、幸多い運命が用意されているって」

「誘拐されたわたしにも、か」

「えっ」

筒見の右隣の男は、大きな目をいっそう大きく見開いて、筒見の顔を覗き込んだ。

「そうでしたね。なにも説明をしていなかった」

その男は声を立てて、わっはっはと笑った。

「これは失礼。でも、サイパンは、南米の山中でも、フィリッピンの奥地でもありません。要人を誘拐して、身代金をせがもうなんていう、単純にして野蛮な土地ではありません」

「しかし、さっききみたちは、わたしの背中に銃口を突きつけたではないか」


「ああ、あれね」

彼はまた声を出して笑った。

「あれはね、これですよ」

彼は自分の左手で、影絵で拳銃を拵えるときの形を作った。そして、その中指の先で筒見の首を何回か突っついてみせた。

「いや、重ね重ね、失礼。わたしはこういう者です」

誘拐犯の主犯だと思っていた男は、セカンド・バッグから名刺入れを取り出して、筒見に名刺を一枚手渡した。筒見はその小さな紙片を目から遠くに離した。細かなアルファベットは、読むのに一苦労だ。

「ドクターなのか」

その紙片には、ロタ・ホスピタルの副院長で、ドクター・エポックと印刷してあった。

「信用していませんね」

まあ、むりもないが。エポック博士はそう付け足すと、ふふっと笑った。まるで悪戯が成功した子どもみたいな笑い方だった。

「ロタ島の病院に勤務しています。ロタはご存知ですか。サイパンとグァムの真中に位置する島です。ああそうだ。大昔、あなたの国の野口五郎という歌手が、三井ゆりというタレントと、結婚式を挙げた島です」

「そのエポック博士が、なんでこんな荒っぽい行動を」

「どうしても、あなたにお見せしたいモノがあるのです」

「見せたい物か」

筒見はしばらく口を閉じた。エポック博士も黙り込んだ。しかし、筒見は財界のトップに君臨する人物らしく、短気でせっかちだった。

「なんだね。なにをわたしに買わせたいのだ」

「いや、買わせるというか、うーん、やはり買わせるのかなあ。いずれにしろ、口で説明するよりも」

エポック博士は、ここでいったん言葉を区切った。そして、筒見に微笑みかけると、ふたたび口を開いた。

「えーと、あなたの国では、こういうときなんて言いましたかねえ。百分は一分にしかず、ではなかった。えーと、百聞は……。まあとにかく、一目見れば、今の緑色の夕日が、本当にラッキー・フラッシュだったと実感できますよ」

3

年代物の大きなシボレーは、サンホセのT字路で、信号待ちのために停車した。すると、前に停まっていたダットサンの荷台から、細身の若い男が三人も飛び降りて、なにか叫びながら、シボレーに向かって来た。筒見は震え上がった。この男たちは、顔の造作とか肌の色とか体型とかで推し測ると、きっとフィリッピン人だ。エポック博士は自分の手を汚さないのか。それとも、この男たちは別口で、やはり筒見を狙っていて、今エポック博士の手から横取りしようとしているのか。

男たちは後部座席の横まで来ると、背中を丸めて、車内を覗き込んだ。三人とも緊張しているのか無表情だった。一人がエポック博士の脇の窓ガラスをこつこつと叩いた。エポック博士はなにも言わずに窓ガラスを下げた。

「ハーイ、ドクター・エポック!」

男たちは急に笑顔になって、訛りの強い英語をしゃべりまくり始めた。筒見はなんとか内容を聴き取った。ロタではおれたちの高熱と下痢を治してくれて、心から感謝している。でも、治療費はもう少し待ってくれ。サイパンの仕事はロタよりも時給がいい。だから、近いうちに、必ず支払いに行く。

「ドント・マインド!」

エポック博士が微笑むと、彼らは歓声を上げて、三本の右手を車内に突っ込んで来た。エポック博士はその一本一本と握手を交わした。サンキュウ。ハバ・ナイス・デイ。男たちは片手を顔の横に上げると、笑顔のまま、ダットサンの荷台へ戻って行った。

信号が青に変わった。前のダットサンが急発進した。年代物のシボレーも、大きなエンジン音を響かせて、ふたたびビーチ・ロードを進み始めた。

筒見はほっと胸を撫で下ろした。エポックとは本名で、本当にロタの医者だったのだ。しかも、善意の医者ではないか。貧しい人には治療費を催促しない。うーん、これではまるで南の島の〈赤ひげ〉だ。うーん。

いや、ちょっと待て。やはり出来すぎている。今のフィリッピン人たちだって、お金で雇った手下ではないのか。私がエポック博士とやらを信用するように。そうだ、この島の誰も彼もが、エポック博士の仲間かも。

でも、なんのために。なにを私に買わせようと言うのだ。

もしかして、大麻とかハッシッシ、か。買わないぞ、そんなもん。いくら渋谷や池袋でも、我が西武デパートでは売れないもの。

しかし、そんな代物ではなさそうだ。では、なんだろう。筒見は両腕を組んで、またうーんと唸った。これまでも商売上、汚い手には数え切れないほど遭遇して来たが。うーん。

年代物のシボレーは、オレアイの町を走り始めた。ところが、いきなりセンター・ラインを越えて、対向車線も突き抜けると、路肩の芝生の上で停車した。

「さあ、着きましたよ。筒見さん」

4

「ここは、アファダイ・スタジアムではないか」

筒見はクルマから出て、芝生の上に立つと、そう叫んだ。この球場なら、熟知している。筒見は西武士グループの会長だが、ホッケーなどのスポーツ好きは有名で、プロ野球の西武士ライオンズのオーナーも兼ねている。アファダイ・スタジアムは、西武士ライオンズと同じパ・リーグの、金徹バッファローズが毎年キャンプを張る球場だった。

「いや、アファダイ・スタジアムと呼ぶのは日本人だけです。ロコはパラシオス・スタジアムと呼びます。正式には、フランシスコ・パラシオス・ベースボール・フィールドです。まあ、名前なんかどうでもいいのですが」

どうぞ、こちらから入ってください。エポック博士は筒見に背中を向けると、鉄柵のドアの部分を押し開けて、球場の中に入って行った。筒見が躊躇していると、二人の屈強な男たちが笑顔を浮かべながら、また中指の銃口で筒見の背中を悪戯した。

「わかったよ、入るよ」

筒見はわざと両手でホールド・アップの恰好をしながら、エポック博士のあとを追った。エポック博士はホーム・ベースに立って、グランドにいる者を全員手招きした。

「筒見さん、あなたにどうしても会わせたかった者たちです」

エポック博士は振り向くと、筒見に微笑みながら言った。なんだ、やはり大麻やハッシッシではなかったのだ。しかし、筒見は微笑みを返せなかった。マウンドから降りて来た男は、いったいなんだ。

筒見はその男を一目見て、全身が凍り付いてしまった。

その男は身の丈が二メートル近くはあるだろう。恰幅も立派だ。胸の筋肉はユニフォームの上からでも、トレーニングの成果が見てとれる。しかし、野球帽の下には顔がない。そこは黒い覆面ですっぽりと被われている。しかも、その覆面が変だ。目のためにある穴の大きさが左右極端に違う。鼻の穴と口の穴が通常とは異なる場所に開けられている。一言で言えば、まるで失敗した福笑いみたいだ。

「初めまして」

別の一人の男が、筒見に日本語で挨拶をした。さっきまで、彼はセカンド・ベースの近くに立っていた。

「やあ」

筒見も我に返って、短い挨拶を返した。彼は細身の長身で、薄い色のサングラスを掛けている。照明に灯が入ったグランドで、サングラスは少し気障だが、この男は他の連中に比べれば、まあまともな方か。

別の男が、センターから走って来た。この男の背は、筒見の胸の高さまでしかなかった。遠目に見たときには、小学校の低学年生かと思った。ところが、目の前に立たれてみると、顔中が金色の髭でもじゃもじゃだった。半袖の上着から突き出ている両腕も、黄金色の体毛でジャングル同然だった。

もう一人の男は、初めからホーム・ベースの近くに立っていた。だけど、おとなしすぎて、まるで目立たなかった。キャッチャー・マスクを被り、キャッチャー・ミットを左手に嵌め、プロテクターで胸や足を保護しているから、キャッチャーだとは判る。でも、ただそれだけだった。

「あそこに、あと一人います」

エポック博士が指差す方角を眺めると、簡単なベンチが設置されていて、その中の長イスに一人の男が腰を下ろしていた。彼は四十代前半と見えるが、顔も体も微動だにしない。いや、目を凝らすと、両腕が小刻みに震えている。しかも、ぴんと胸を張っている姿勢などは、かえって哀しそうで、まるで南の孤島に置きっ放しになった、モアイの巨大石像を連想させた。

「この五人を西武士ライオンズにお預けします」

「は、あ？」

筒見は一瞬、情況判断が不能になった。頭の中がまっ白だ。こんな経験は、西武士グループの会長になってから、いや物心がついてからも初めてだった。

しかし、筒見は間髪入れずに自分を立て直した。

「これは、なにかの悪い冗談だね。びっくりカメラとか」

「いや」

エポック博士は、落ち着いた声で答えた。

「どこにも、隠しカメラなんてありませんよ」

「じゃあ、こういう患者がいる、あなたの病院へ寄付でもしろ、と」

「いや、お金ではありません」

エポック博士は首を横に振った。

「この五人で、日本のプロ野球界における、読捨ジャイアンツの一人勝ちを防ぐのです」

「は、あ」


筒見はまた頭の中ががらんどうになった。

「去年の日本シリーズのように、四連敗を喫したくはないでしょう」

「そりゃあ、まあ」

この男が言うように、去年の西武士ライオンズは、九十勝もして、ダントツでパ・リーグ優勝を果たした。しかし、日本シリーズでは、セ・リーグの覇者で、日本球界の盟主でもある読捨ジャイアンツに、一試合も勝てなかった。それも、四試合とも、すべて一方的にやられまくった。

今の読捨ジャイアンツは、川上や王や長嶋や若手の江川といった生え抜きのスター選手が、揃って働き盛りだ。しかも、他チームからフリーエージェントで、金田や張本といった実力者を引き抜いた。もうまるで全日本と胸を張ってもいいような、天下無敵の強力チームが出来上がっている。

ただこのオフには、その読捨ジャイアンツからも、中心選手が抜け出ようとしていた。王が海外フリーエージェントを使って、大リーグのヤンキースに移籍するかもしれなかった。もしこれが現実化すれば、多少の戦力低下は否めない。

そこで、辛口の野球評論家諸氏はこうほざいている。

「日本のプロ野球は、今や大リーグの二軍、3Aだね」

「ええ、王の居ないジャイアンツなんて、確かに3Aだね。でも、セ・リーグは、まだ我慢ができる。王が抜けても、ジャイアンツの人気・伝統・実力は、一際輝いているからね。また空いたファーストには、パ・リーグから落合を獲って埋めようともくろんでいる。そう、このパ・リーグが、問題なのだよね。パ・リーグの一流選手は、フリーエージェントの資格を得るや、すぐにセ・リーグか大リーグへ行ってしまう。今やパ・リーグはセ・リーグの二軍ですよ。だから、大リーグで言えば2Aでしかない」

「なにを言うか」

筒見は思わず頭の中で大声を張り上げた。すると、たちまち評論家諸氏の姿が消えて、目の前にはエポック博士の笑顔があった。

「そうでしょう。このままでは、昨シーズンの西武士だけではなくて、これからのパ・リーグの覇者は、いつまでも日本一にはなれませんよ。いわゆる、ひとつの、永遠にセ・リーグの二軍、永久に大リーグで言えば2Aです」

「だから、どうにかしたいのだ」

「しましょうよ。読捨ジャイアンツを破りましょう。この夢の実現は、読捨ジャイアンツのためにもなるのです。あそこはお金持ちの球団です。負ければ、リベンジのために、現場とフロントがとてつもない金銭を使って、日本球史には記録がないような最強のチームを作り上げて来るはずです。そして、またその最強の読捨ジャイアンツを叩くために、他球団が凌ぎを削る。結果、日本人好みのいい選手がどんどん輩出されて、いいプレーが随所に見られる。今まで日本のプロ野球界は、読捨ジャイアンツを中心に、こうして健全に発達して来たのではないですか」

「そのとおり。拍手だ、拍手」

筒見は手を叩いた。エポック博士は左目をつむると、頭を右肩に傾けて、そこからびくんと元の位置に跳ね上げた。

「真剣に話している人を、おちょくってはいけません」

真剣に話しているから、おちょくりたくなるのだ。筒見は、この言葉は口にしないで、ただ肩をすくめた。だいいち、ここはサイパンのローカル球場で、しかももう日が暮れようとしている。なんで知らない他人から、むりやりこんな演説を聞かされるのか。筒見は胸の中で強い舌打ちを繰り返した。

「いったい、なにを企んでいるのかな」

「では、はっきりと言いましょう」

「ああ、そうしてくれ」

「まずは、日本プロ野球界の構造改革です」

「は、あ?」

「その後は、アメリカです。いやアメリカの大リーグです。あいつらに、いっぱい食わせましょう」


「は、あ?」

筒見は瞬きをして、エポック博士の目を見つめた。この男は頭がいかれているぞ。あるいは、善意の医者を装った、インチキな宗教家かも知れない。いずれにしろ、どうやって、この場から逃げ出そうか。

「私の言動を疑っていますね。まあ無理もないが」

「いや、そんな」

「おい、バットを持って来い」

エポック博士が、キャッチャーに命じた。たちまち、筒見は震え上がった。逃げ出そうと考えたのがばれたのか。お仕置きに、バットで殴られるのか。

「この人に渡せ」

「はい」

キャッチャーは筒見にバットを差し出した。なんだ、バットで殴られるのではなかった。しかも、この目立たないキャッチャーは、ちゃんとグリップの方を筒見に向けて差し出している。意外にも、細やかな気遣いができる青年らしい。

「ありがとう」

筒見は思わず礼を言って、バットを受け取ってしまった。

「筒見さん、バッター・ボックスに立ってください」

「えっ」

「百分は一分にしかず、です」

あっ、また間違えたな。なんて言ったっけ。エポック博士はぶつぶつと呟きながら、筒見の両肩を押して、バッター・ボックスへと誘導した。

5

「さあ、見せてやれ」

エポック博士はキャッチャーの後ろに立つと、マウンドの覆面男に大声を掛けた。

「ちょっと待ってくれ」

筒見は右手を上げて、タイムだと言った。

「どうしました」

「彼らをどかしてくれ。危ない」

筒見はバットの先で二人の男を指し示した。サングラスの男と毛むくじゃらの男が、極端なバンド・シフトを敷いたように、バッター・ボックスのすぐ近くに突っ立っていたのだ。

「あれっ、バットを振る気なのですか」

「もちろんだよ」

どだい素人が投げるボールだ。バットの真芯で捉えられなくても、かすりはするだろう。そしたら、こう言ってやる。わたしはこんなジジイで、しかも素人だよ。それなのにバットに当ててしまうようではね。とてもとても。いくらセ・リーグの二軍とかいうパ・リーグでも、まったく通用せんよ。

これで、エポック博士の妄想も粉々にうち砕かれる。夕食前の長い茶番劇も、すべてジ・エンドだ。

「お若いですなあ」

エポック博士は腹を抱えて大笑いすると、二人をグランドから下げた。

「では、改めて。プレー・ボール」

エポック博士は笑いを含んだ声で言い放った。覆面男が両手を振りかぶって、左足を上げた。このとき、筒見ははっと気がついた。覆面男の振りかぶった左腕と上げた左足は、右のそれらに比べて極端に貧弱だった。

　覆面男が貧弱な左足に体重を載せて、ぐらりと傾きながら、右腕を振った。はたして素人離れしたスピードだった。と言っても、高校野球のピッチャーくらいか。しかも、ボールはど真中だ。筒見は瞬間、本気で打てると思った。

　今だ。筒見はボールを見つめながら、思いっ切りバットを繰り出した。

6

　筒見はバットを振り切った恰好のまま、バッター・ボックスに立ち尽くしていた。

　信じられなかった。振ったバットにボールはかすりもしなかった。でも、その結果を信じられないのではない。

　ボールが目の前で、ふっと消えたのだ。

「どうでした」


　エポック博士が、穏やかな声で訊ねた。筒見はやっと瞬きをして、エポック博士を見つめた。

「もう一球、投げるように言ってくれないか」

「わかりました」

　エポック博士は、覆面男に向かって、ふたたびプレー・ボールと叫んだ。今度は、筒見はバットを振らなかった。自分に向かって来るボールを、息を殺して、ひたすら見つめた。

　同じ現象が起きた。バッター・ボックスのわずか手前で、ボールがふっと消えた。しかし、その直後にはスポンと音がして、消えたはずのボールがキャッチャー・ミットに納まるのだった。

「さっきの緑の太陽だな。あれを見てから、目がどうかしちゃったのだ」

「まさか」

「だって、ボールが目の前で消えたぞ」

　筒見は突拍子もなく高い声を張り上げた。

「ええ。人の目には、そう見えるのです」

「わたしの目だけではないのか。難解ホークスの野村や、読捨ジャイアンツの長嶋の目にも、か」

「もちろんです」

うーん。筒見は唸り声を上げて、バットを放り出すと、両腕を組んだ。消える魔球か。少年漫画みたいだな。でも、これは買いだ。間違いなく、テレビの放映権争いになるな。筒見は頭の中で算盤の球を弾いた。読捨ジャイアンツ並みに、一試合で一億円だと、テレビ局に吹っかけてやるか。

「いくらだ。いくら出せば、我が西武士ライオンズと契約を交わしてくれる」

「さっき言ったはずですよ。我々はお金では動きません。お金が目的なら、初めから読捨ジャイアンツの鍋常さんか、大リーグのオーナー連中にでもお見せしています」

うーん。筒見は、また唸った。

「どうしたらいい」

「まず、他の四人も見て下さい。契約をするときは全員一緒です」

「他の四人って、あのモアイの巨大石像みたいな男も、か」

筒見はベンチで体の向きも変えない中年の男を指差した。

「もちろん。あの男を含めて、全員がただ者ではありませんよ」

7

エポック博士は、細身で長身のサングラスの男に顔を向けると、片目をつむってみせた。

「了解」

彼は日本語で返事をすると、左手にグラブを嵌めて、セカンド・ベースに向かって走り出した。筒見が球場に入って来たときに、彼自身が立っていた位置だ。ところが、彼はセカンド・ベースを通り越して、センターのフェンスにまで駆け抜けてしまった。そして、フェンスにハイ・タッチをすると、こちらを振り返った。

「これに、なにか文字を書いてください。あの位置から、彼に読ませます」

エポック博士は筒見の眼下に、野球の硬式ボールとサイン・ペンを差し出した。

「あっ、そうそう、漢字はだめです。彼はまだ覚えていません。アルファベットか平仮名か片仮名か数字を書き込んでください」

筒見は硬いボールとサイン・ペンを受け取ると、一つ質問を発した。

「文字の大きさは」

「お任せします」

「うん」

筒見は頷くと、横書きで〈TSUTSUMI〉とやや大きめに記入し、その下に〈01 23〉ときょうの月日を小さく書き込んだ。

「これで、いいかな」

「ええ」

エポック博士は笑顔でボールを受け取ると、その文字が書かれている面をセンターに向けた。サングラスの男は、センターのフェンスに凭れかかって、寛いでいた。そして、その恰好のままで、大声を張り上げた。

「T、S、U、T、S、U、M、I」

「なんてこった」

筒見は悲鳴に近い声を上げた。でも、エポック博士は落ち着き払って、センターに大声を出した。

「残りも読み上げてくれ」

「0、1、2、3」

筒見は両足ががくがくと震えてきた。しかし、冷静さを装って、軽く言い放った。

「さては新手のマジックだな」

「まさか」

「じゃあ、なんでこんなに薄暗くて、あんな遠くに離れているのに、こんな小さな文字が読めるのだ」

エポック博士は左右の手のひらを上にして、両肩を吊り上げると、ふふっと笑った。

「視力がいいだけですよ」

「視力がいいったって、普通じゃない」

「そう、普通じゃありません。あの男は全色盲です」

「いや、そういう意味で、言ったのではない」

「わかっています。我々は普通ではない体を誇りに思っています。天才の頭が普通ではないように、我々の体も普通ではありません」

エポック博士は強い語調で言い切った。そして、ふたたび柔和な顔つきになると、言葉を続けた。

「あの男は、昼間は光が強過ぎて、視力が出ません。だから、デー・ゲームは残念ながらだめですね。でも、薄暮ゲームやナイターにはうってつけです。このように百メートル離れていても、ボールの縫い目まで見えます」

「なんてこった」

筒見は腰を抜かしかけて、立っているのが苦痛になった。

「腰掛けてもいいかね」

「どうぞ」

エポック博士は筒見の片腕を取って、ベンチまで連れ添うと、微動だにしない男の隣に坐らせた。


「筒見さん。もう一度文字を書いて戴きたいのですが、サイン・ペンを握れますか」

「その前に、水をくれ」

「わかりました」

筒見は見たことのないペット・ボトルを手渡された。ラベルに椰子の木の絵が描かれている。アルファベットを読むと、ハワイのミネラル・ウオーターだった。一口飲むと、すぐに気分が落ち着いた。

「よし、書くぞ」

筒見はボールとサイン・ペンを受け取ると、今度は小さな平仮名で〈はわいのやしのき〉と縦書きをして、エポック博士に返した。

「彼は動態視力も普通ではありません。いいですか」

エポック博士はベンチ前から、ホーム・ベースに立っているキャッチャーに向かって、そのボールを放った。

「わたしは、こんな弓なりのボールしか投げられませんが、プロのピッチャーが矢のような速球を投げても、結果は同じです」

　エポック博士はそう呟くと、センターに向かって大声を張り上げた。

「ヘーイ」

　すると、サングラスの男はフェンスに凭れたまま、右手を少し上げて、それから大声で答えた。

「は、わ、い、の、や、し、の、き」

「凄すぎる」

　筒見は目が回って、気絶しそうになった。

「ボールは回転しながら、空中を飛んでいるのに」

「ええ。あの男の目にかかっては、さっきの消える魔球も消えないらしいですよ」

8

「これではまだ、彼の動態視力の凄まじさをお見せしただけですよね。今から実際のプレーをお見せしますが、その前にしばらくお待ちを」

　エポック博士は高らかに笑うと、筒見の隣に坐っていたモアイの巨大石像のような男に近寄った。


「さあ、クスリですよ。口を開けてください」

　エポック博士が子供に言い聞かすように一語一語区切って言うと、その中年男は唇を震わせながら、少しずつ口を開いた。その隙間に、エポック博士が白い錠剤をねじ込んだ。

「L‐DOPA、つまりドーパミンです。それも、L‐DOPAⅡという新薬ですから、ドーピングの検査を受けても、不利な反応はいっさい出ません。どうぞ、この男の五分後をお楽しみに」

　エポック博士は毛むくじゃらの金髪男に、センターに行けと指示を出した。彼はキキッと返事をすると、すぐにセンターに向かって走り出した。続いて、エポック博士はセンターのフェンスにいたサングラスの男に、指を四本突き立てた。すると、サングラスの男はグラブを嵌めている左手を大きく振って、それからこっちに向かって走り出した。二人は内野と外野の境目で交差した。このとき、二人はハイ・タッチを交わした。といっても、毛むくじゃらの金髪男は背が低いので、蛙のようにぴょんと飛び跳ねなければならなかった。そして、彼がセンターの守備位置につき、サングラスの男がセカンドの守備位置に戻った。

「数字の4は、守備位置としてのセカンドを示します」

エポック博士は筒見を振り返って、指を四本突き立てた説明をした。

「そのくらい知っているさ」

筒見がむっとして、そう答えたときだった。なんの前触れもなく、モアイの巨大石像がすっと立ち上がった。筒見は目を見張って、この中年男を見つめた。でも、エポック博士は予想していたようで、腕時計に目をやると、ちょうど五分だと呟いた。

「頼む」

エポック博士は、動き始めた彼にベンチの隅をアゴで示した。そこにはゴルフ・ボールで満杯の籠が置いてあった。モアイの巨大石像はこくりと頷くと、バット・ケースのジッパーを素早く引いて、中からバットを抜き出した。そして、右手でバットの真ん中を掴んだまま、ぱっとベンチの隅まで行って、今度は左手でゴルフ・ボールが入っている籠の柄を持ち上げた。しかも、その両手の塞がっている恰好で、小走りにホーム・ベースへと急いだ。

これらの動作のなにもかもが、てきぱきしていた。機敏の固まりだった。さっきまでの不動の巨大石像が、まるで嘘みたいだった。

彼は左バッター・ボックスに入ると、野球帽を脱いで、ホーム・ベースにお辞儀をした。それから、ゴルフ・ボールを右手に四個も掴むと、左手一本で次々にノックを始めた。

「なんと、左手だけで」

しかも、バット・スイングは素早かった。とても左手一本で振っているとは思えなかった。さらに、彼がバットを振るたびに、ベンチに居る筒見の耳にも、ひゅっという空気を切り裂く音が聞こえて来るのだった。

また、サングラスの男も、確かに普通ではなかった。単に動態視力がいいだけではなかったのだ。ゴルフ・ボールがバットに当たるか当たらないかのうちに、もう体を動かしていた。センターへ抜けるかという、ショートの方が近いゴロも、なんなく捕球した。また、ライトへ抜けるかという、ファーストの方が近いハーフ・ライナーも、横っ飛びを試みてダイレクトに捕球した。しかも、彼がグラブに収めるのは、野球のボールではない。もっと小さくて見づらい、ゴルフ・ボールなのだ。

「凄い。この内野守備だけでも客が入る」

筒見はそう計算をした。また頭の中には、新しい内野のシフトも浮かんで来た。

「これなら、三原監督は、ショートの豊田を極端にサード側に寄せられるぞ。サードの中西フトシは、ライン際はじつに上手いが、三遊間の守備が下手くそだからな。二人の間にゴロが飛ぶと、フトシは「トヨ、お前が捕れ」と豊田に怒鳴るし、豊田は豊田で「これはフトシさんのゴロだ」と言い張って、互いに捕りに行こうとしない。よし、これで三遊間はすべて豊田に捕らせよう。凄いぞ、これは。うちの内野で抜ける空間と言ったら、ファーストのライン上しかなくなるからな。いや、ファーストだって、ベース上に立たせてしまえばいい」

「よし、下がれ」

エポック博士は、サングラスの男をベンチに下げた。

9

今度はセンターに居る毛むくじゃらの男が、ノックを受ける番だった。彼は顔中が金色の髭もじゃで、剥き出しの両腕も金色の体毛に覆われている。しかも身長が極端に低い。その上、猫背だ。彼が遠い外野に立つと、小学校の低学年生か人間以外の霊長類に見えた。

「トスをしてくれ」

モアイの巨大石像が、涎の混じった聴き取り辛い言葉で、キャッチャーに言った。キャッチャーは頷くと、三塁線上に屈み込んで、ゴルフ・ボールをトスした。モアイの巨大石像が両手で握り締めたバットを力強く振り回した。たちまち、空気を切り裂くびゅーんという音が耳をうち、きな臭い匂いがあたり一面に充満した。

「恐ろしい怪力だ。うちのフトシと、どっこいどっこいだな」

ゴルフ・ボールは高く舞い上がって、あっという間に外野に達した。どうやら軽くフェンスを越えて、外野の芝生席すら通過して、球場の外へ消えて行きそうだった。

「場外ホームランじゃ、守備練習にならないぞ」

筒見がそう思った瞬間だった。フェンスに達していた毛むくじゃらの金髪男が、いっきにフェンスを攀じ登って、その上に仁王立ちになった。そして、両膝を曲げたかと思ったら、キキッと叫んで、空中に飛び上がった。

身長の十倍はジャンプしただろうか。毛むくじゃらの金髪男はホームラン・ボールをもぎ取ると、その高さから外野の芝生に転がり落ちた。しかし、その落ち方も絵になっていた。体を丸めて背中からグランドに落ちると、芝生ででんぐり返しをして、そのまますくっと立ち上がった。そして、彼はボールの入ったグラブを頭上高くに突き上げたのだった。

「凄い。これなら普通のホームランはもちろん、場外ホームランだって許さないぞ」

筒見は思わず口走ると、手を叩いた。

「まるでサーカスだ」

このプレーも、観客を呼べそうだった。

10

エポック博士は手招きをしたり、口で指示したりして、五人全員をベンチ前に整列させた。

「筒見さん。改めて、この五人を詳しくご紹介しましょう」

エポック博士はそう言うと、ベンチから出て、彼らの前に立った。筒見も倣って、イスから立ち上がると、エポック博士の横に並んだ。じゃあ、あなたから。エポック博士は人差し指で合図して、モアイの巨大石像を一歩前に出させた。

「彼には、あと五分しか、今回のオン状態は残されていません。だから、最初に紹介します」

　すると、彼が筒見に顔を向けて、菩薩像のように穏やかに微笑んだ。

「彼はグァムの生まれ、グァムの育ちです。彼はグァムやロタの風土病とまで言われている、リティコ‐ボディグです。病状はこのようにパーキンソン病や脳炎後遺症に似ています。普段は無動状態で、爬虫類のようにじっと一箇所を見つめています。涎を垂らしている時もあります。これらの症状は、眼球や舌や筋肉が円滑には動かないのが要因で起こります。でも、自分の周りでなにが起こっているかは、ちゃんと理解しています。この病気の原因は、遺伝説を始めとして、グァムの主食でもあったソテツの実を挽いて作るファダン説、飲み水に入っていた鉱物説、特殊なハエが媒介するウィルス説などが言われてきましたが、未だに特定はされていません。判っている事実は、四十を過ぎてから発病すること、少なくとも簡単に人に感染する伝染病ではないことなどです。またその対処法ですが、多少の個人差はありますが、さきほどご覧になったようにL‐DOPAを飲ませると、画期的に改善します。彼の場合は、L‐DOPAⅡを一錠服用しますと、五分後に爆発的な効き目が現れます。そして、約十五分が経過すると、薬の効果は消えます。彼はリティコ‐ボディグを発病するまで、アメリカ軍の将校でした。軍隊でこの筋肉を作り上げて、今ほどではないにしても、大リーガー顔負けの豪快なバッティングを身につけていました。でも、彼自身は、自分の病気の原因はこのアメリカ軍にあると、頑なに信じています。グァムのアンダースン基地で、毎食食べたスパムのせいだと主張するのですが、医学的な根拠はまったくありません」

　エポック博士がここまで話したとき、モアイの巨大石像は、大きな生あくびを洩らした。こんなときに、あくびなんかして。筒見は胸の中で舌打ちをした。博士に対して、不敬ではないか。しかし、事情は違うようだった。エポック博士は話を中断すると、あわてて彼を抱きかかえて、ベンチのイスに坐らせた。すると、彼はたちまち微動だにしなくなった。いくぶん胸を張った姿勢で、どこか一点を見つめながら。でも、よく見ると、やはり両腕は小刻みに震えていた。投薬から約二十分が経過して、元のモアイの巨大石像に戻ってしまったのだった。

「というわけです」

エポック博士は肩をすくめると、また残りの四人の前に立って、モアイの巨大石像の紹介を再開した。

「L‐DOPAⅡは、一日に五回までの投与が認められています。パ・リーグは指名代打制を採用していますから、大事な試合では彼を指名代打で五打席まで使えます。でも、なるべくは、一試合に一回の投与で済ませたいと考えています」

「つまり、普通の代打での起用だね」

「できれば」

「わかった。でも、起用法については、明日サイパンに、三原監督と助監督兼任の外野手である大下のポンちゃんを呼びつけるから、彼らの前でもう一度、今の話をしてくれ」

11

次に、エポック博士は、消える魔球を投げる覆面男を一歩前に出させた。

「彼こそは、まさにアメリカ軍の犠牲者なのです」

エポック博士はモアイの巨大石像を振り返って、悪戯っぽい笑みを口元に浮かべると、また話の続きに戻った。

「でも、彼自身はアメリカ軍を憎しんではいません。憎しむという複雑な感情を持っていないと思われます。彼は北ベトナムの生まれです。彼の両親は子供の頃に、第二次ベトナム戦争で、枯葉剤を浴びています。こう言えば、彼のこの風体から、お分かりだと思います。彼は無脳症です。と言っても、脳がまったくないわけではなく、大脳が生まれながらにちっぽけで、発育不全なだけです。このため、顔の造作や両手両足が、左右アンバランスです。鼻は多少ユニークな位置についています。頭蓋骨はてっぺんがありません。彼は現代医学の成果で、奇跡的にここまで成長しました。しかも、見てのとおり、運動神経が抜群です。彼に思考は要りません。そのぶん、体が反応して補います。筒見さん、彼の右手の指を見てやってください」

　エポック博士はここで言葉を区切ると、覆面男の右手首を取って、筒見の目の前に引っ張り出した。筒見はぞくぞくっと背筋が寒くなった。申し訳ないとは思ったが、それこそ体が勝手に反応してしまった。覆面男の指は、未分化だったり、先だけが蹄のように割れていたり、第一関節から上があらぬ方向に伸びていたりした。だいいち、ぱっと見ただけでは、指が何本あるのかもわからなかった。

「これだけユニークな指ですから、是が非でもそれを逆手に取らなくてはと思ったのです」

「文字どおり、逆手ですな」

　筒見はそう言ってしまってから、すぐにしまったと思った。今の一言は、エポック博士を不快にした冗談かも知れない。


「いや、ダジャレを口走ったのではありません。つまり、その、発想が普通ではない。ハンディを逆手に取るなんて、実にすばらしい」

　筒見は冷や汗を流しながら、言葉を継ぎ足して、話題を変えた。

「きっとあの魔球を覚えるまで、人には言えぬ猛練習を積んだのでしょう」

「いや、我々は練習と言わずに、リハビリと呼んでいます」

「なるほど。うちの若い社員にも、仕事と呼ばせずに、遊びと言わせたいものだ。では、そのリハビリの効果ですな」

「ええ」

　エポック博士は軽く頷いた。

「長いリハビリの結果、彼が投げる変化球は、普通では考えられない回転がかかるようになりました。しかも、バッターの手元で急に速度を増すのです。それでも、初めのうちはバッターの手元まで一二〇キロくらいのスピードで来て、そこで急に速くなって、五センチくらいの変化を見せるだけでした」

「そのボールも、消えたのか」

「いや、消えません。速いスライダーのように左に曲がりながら落ちるカット・ボールと、真下にフォークのように沈む球と、浮き上がる球の三種類の変化球です。彼は指の構造上、直球が投げられません。これらの五センチだけ曲がる三種類の変化球は、これはこれでバットの芯を外しますから、実戦では有効な球です。もちろん、これらの球は、今でも楽に何球でも投げられます。しかし、リハビリを積むに従って、彼の投げるボールは、一三〇キロが出るようになりました。と同時に、手元でのびる、なんてものではなくなったのです。人の目には消えて見える、いや見えなくなるのですから」

「と言うことは、ビデオで録画して、スローで再生したら、彼の投げるボールは、わたしの目にも見えるのだね」

「もちろんです。写真にも写ります。手品ではありませんから」


「それなら、プロの一流バッターならば、二度目の対戦では打つぞ。自分の目からボールが消えても、軌道を覚えている。タイミングさえ掴めば打てる」

筒見は少しがっかりした。読捨ジャイアンツの長嶋が、消える魔球をホームランして、ガッツ・ポーズを決めている。日本シリーズでのこんな憎たらしいシーンが思い浮かんだ。

「いや、打つのは難しいでしょう」

「そうかな」

「ええ、ほとんど不可能です。彼の投げるボールに、直球はありませんから」

「あっ、そうか」

筒見は泡を吹いて倒れそうになった。しかし、エポック博士は落ち着き払って、言葉を続けた。

「彼は消える球でも、カット・ボール、フォークのように落ちる球、それと浮き上がるボールの三種類を投げ分けます。それぞれが、消えながら、三十センチの変化をします。ただ指の構造上、シュートみたいな変化球は投げられません」

「シュートなんか、要らんさ」

筒見はにやにやと笑った。頭の中で、長嶋が空振りの三振を喫して、バットを地面に叩きつけて口惜しがっていた。

「ただ消える球の場合、右肩に尋常ではない負担がかかります。一試合一イニング、それも消える球は三球までと約束をしてください」

「わかった。ストッパーとしての起用だな。すると、安部ボールの安部と、ダブル・ストッパーで使える。明日、三原監督に提案しよう」

これは益々、おあつらえむきだ。筒見は胸の中で、指を鳴らした。プロ野球は予告先発だからな。うちの稲尾がいくら人気者でも、彼が先発する試合しか客が入らない。でも、ストッパーなら、毎試合のように出て来て、消える魔球を投げる。我が西武士ライオンズの観客は、九回の彼のマウンドが観たくて、試合の途中からでも、どんどん球場に足を運ぶ。テレビ中継だって、これできっと毎試合だ。しかも、試合の途中で放送を打ち切れないぞ。

12

エポック博士が、今度は長身の、薄い色のサングラスを掛けた男を一歩前に出させた。

「先ほども言いましたが、彼は全色盲、マスクンです。生まれたときから、すべての情景がモノクロでしか見えません。彼はビキニ環礁に近い、ある島で生まれました。父親もマスクンです。兄も弟もそうです。この島は、彼の父親世代からあとの男は、全員がマスクンです。女性も彼の母親世代からあとは七十パーセントが、これに当たります。彼らの祖父、祖母の世代が、死の灰を浴びています。ええ、アメリカがビキニ島などで行なった、太平洋の核実験での死の灰です。これとマスクンは無関係ではないでしょう。V4と呼ばれる視覚全野に傷がついている、そんな遺伝子が多くの島民に組み込まれたと思われます。しかし、マスクンの多くは、夕方以降になると、彼のように超人的な視力を発揮します。たとえば、彼の弟も夜になると、四ブロック先のクルマのナンバーが読めます。ところが、兄貴の彼はこの種のマスクンの中でも、動態視力と運動神経が、並外れて優れているのです。彼はセカンドを守っていて、バットがボールをとらえた瞬間に、バットのどこの部分にボールが当たり、そのボールにどんな回転が掛かって、どこへどういう角度とスピードで飛ぶかを見て取り、同時に体を打球に向けて動かします。それで、他人が彼を見ていると、バッターがバットを振り出した瞬間に、もう彼の体が打球の飛んで来る場所に移動し始めたように見えるのです。これが普通では考えられない、守備範囲のだだっ広さの秘密です。また彼がランナーに出れば、同様の仕組みで、成功率百パーセントのヒット・エンド・ランを常に仕掛けた状態になります」

ここで、エポック博士はいったん言葉を区切って、筒見の顔を見つめた。

「彼には夢があります。西武士ライオンズで活躍をして、ある程度の収入を得たら、故郷の島のマスクン一人一人に、二種類のサングラスをプレゼントする夢です。一つは昼間用の度の入った濃い色のサングラスです。もう一つは今彼が掛けている夜間用の薄い色のサングラスです」

「なるほど」

きみのグラブさばきならば。筒見はにこやかに微笑みながら、サングラスの男に話し掛けた。もうその夢は叶ったも同然ですよ。

「はい」

サングラスの男は、歯切れのいい返事をすると、顔を赤く染めてはにかんだ。

13

エポック博士は軽い溜め息をついて、それから毛むくじゃらの金髪男を一歩前に出させた。

「じつは、彼にはいろいろと問題があります。しかし、筒見さんには、一応なんでも話しておきたいのですが」

「なんなりと」

筒見はそう答えたものの、思わず肩に力が入った。

これまでだって、びっくりする話ばかりだった。それなのに、今回初めて、話す前に断わりが入ったのだ。しかも、軽い溜め息のおまけつきで。筒見は手のひらにうっすらと汗を掻いた。

「彼を見て、どこか人間離れしているとは、思いませんか」

「まあ、確かに」

筒見は心の中を見透かされたような気がした。でも、人間離れしているのは、毛むくじゃらの金髪男だけではない。覆面男のピッチャーも、マスクンのセカンドも、モアイの巨大石像のような代打男も、みんな人間離れしている。しかし、彼らの普通ではない、人間離れしている弱点が、むしろ逆に神業としてプロでは売りになるのだ。

「彼がグランドに立ったら、敵のベンチは猿だのエテ公だのと、さぞかしヤジりまくるでしょうねえ」

強引だと思っていたエポック博士が、初めて弱気な発言をした。

「なに、いちいちヤジを気にしていたら、プロは勤まりませんよ」

「ええ。それはそうなのですが」

「いったい、なにを気にしているのかな」

筒見は首を傾げた。この毛むくじゃらの金髪男は、見た目と違って、もしかしたら気が小さいのか。

「でも、彼の場合は、半分当たっているのです」

「なんだって」

「筒見さん。こういう話を耳にした記憶があるでしょう。第二次世界大戦中に、ヒトラー総統が人間と猿との混血を作って、優秀なスパイを養成しようとした話。頭は人間の賢さで、体は猿の身軽さ。科学者たちは、猿の中でも、まずチンパンジーに注目した。なぜなら、人間の女性とチンパンジーのメスは、生理の周期が同じだから。そこで、ユダヤ人の男性とチンパンジーのオスとを交わらせた。もちろん、初めはうまくいかなかった。しかし、大昔なのにどういう手を使ったのか、あるいは自然にそうなったのか、三人の人間の女性が受胎をした。ここまでの記録はちゃんと保存されています。しかし、三人の赤ちゃんがまだ母親のおなかにいるうちに、ヒトラー総統は自殺をしてしまい、ナチス軍は白旗を挙げた。で、このあとの記録がない。三人の女性は、人間とチンパンジーの混血を無事に産んだのか、それとも流産したのか、あるいは死産だったのか」

「確かに、歴史教科書に載せるとか載せないとかで、文部科学省内で揉めたって、聴いた覚えがあるよ。だけど、これは有名な与太話だ。この続きだって知っているよ。その三人の子供は、二年ほどで立派な大人に成長した。まあ、半分チンパンジーだから、成長も早いのだね。そして、ヒトラーの仇を討つために、アメリカに潜入して、旧日本軍が作った細菌兵器をばらまくってね。でも、ナチスはヨーロッパ戦線だ。しかも、日本人とは違って、ドイツ人は同じ白人だから、アメリカ人から原子爆弾を落とされたわけでもなかった。この話は、完全降伏の敗戦国民が、戦勝国アメリカに対して、ちょっとでも溜飲を下げようっていう、いじましいデマだったのさ。だいいち、この混血児たちが、ヒトラーの仇を取ろうとするものかは」

「はあ。いや、この話の日本篇は知らなかった。そう、確かに日本篇はデマですよねえ。でも、ドイツ篇はどうだろう」

「どうだろうって、ドクターともあろうお方が、なにを血迷っているのかな。人間の女性とチンパンジーのメスでは、細かい生理が違うはずだ。それに、人間の男性とチンパンジーのオスだって、たぶん、タネに違いがあるだろう。人間とチンパンジーとの異種間交尾で、子供なんかできっこないさ」

「ええ、わたしも素人なら、そう言い切って、それでお終いにするのですが。なまじ医学の知識があるとね」

「なにを言い出すのだ」

筒見は眉と眉の間に縦皺を三本も作ると、そのままの表情でエポック博士の顔を見つめた。エポック博士は左眼をつむりながら、頭を右肩に傾けると、びくんと元の位置まで跳ね上げた。そして、おもむろに左眼を見開いた。どうやらチックのようだった。それから、やっと筒見の視線を受け止めて、口を開き始めた。

「最先端の現代医学でゲノムを解きますとね、ヒトとチンパンジーのゲノムは、わずか一パーセント、多くて二パーセントの違いしかないのです。たぶん知性の遺伝子が違うだけなのでしょう。ということは、知性以外の遺伝子は、ほとんど同じです。じつは、その混血の胎児の細胞が、旧東ドイツの某研究所に、長いこと冷凍保存されていたのです。そして、一人のマッドな科学者が、これをクローンの実験に使いました。クローン羊の元祖であるドーリーの誕生よりも、ずっと早い時期に、です。つまり、目の前のこの男の曾祖母はユダヤ系ドイツ人で、曽祖父はどこかの森のチンパンジーです」

「まさか」

「ええ、まさかです。わたしも、まさかだと思いたいです。でも、そのマッドな科学者が、じつはわたしの医学研究の師だったのです。師は東西ドイツ統一の混乱期に、彼の祖父であるクローン第一号をアメリカの科学者に預けました。ところが、彼の祖父にはアメリカの水が合わなかったのです。渡米して間もなく亡くなりました。そこで、マッドな師は、彼の祖父の細胞からクローン第二号を作り出しました。これが彼の父親です。でも、彼の代になって、マッドな師は自分に死期が近づいている事実を察知したのです。もう実験の継続が不可能になったと、わたしに泣きついて来ました。師はわたしにまだ少年だったこの男を預けて、あの世に旅立ったのです」

エポック博士は、今にも泣き出しそうな顔つきになった。

「本当なら、まずいよ」

「ええ」

「クローンとか、半獣とか。プロ野球の規約にも触れるかも知れない」

筒見は自分以外の十一人のオーナーの顔を思い浮

かべた。きっと読捨の鍋常オーナーなどは、口から唾を飛ばして、永久追放だと叫ぶだろう。

「でも、彼をクローンだとは、誰も証明できません」

「まあねえ」

「ましてや、人間とチンパンジーの混血だなんて、ヤジこそ飛ばしても、誰も本気では思わないですよね」

「たぶん」

「では、わたしは、今の話を二度としません。三原監督にも話しません」

「うーん」

筒見は両腕を組むと唸った。忘れ去るには、衝撃が強すぎた。

「だめだ。わたしは、忘れられないよ」

「じゃあ、筒見さんはこれまでどおり、今の話を敗戦国民のデマか冗談だと思って、見ざる、言わざる、聞かざるになってください」

「なんだ、わたしも猿か」


「ええ。目の前の小柄な金髪男は、ただちょっと毛深い奴なのです」

14

「紹介が最後になりましたが、彼がこの五人の中ではリーダーです」

エポック博士はキャッチャーを一歩前に出させた。彼はマスクを外すと、日本風にぺこんとお辞儀をして、それから筒見を見つめた。

「ほう。きみは歳も若いし、鼻筋の通った端整な顔立ちだね。きっと女の子に人気が出るぞ」

筒見はキャッチャーの素顔を初めて見て、にやりと笑った。この青年の関連グッズは、さぞや売れるだろう。

「でも、見たところ、ハンディはないようだが」

「ええ。でも、ほんとうは、彼がいちばん深刻なのです」

「さっきの彼よりも、か」

筒見は毛むくじゃらの金髪男に目をやった。

「ええ、ずっと」

「それなのに――」

「リーダーです」

エポック博士はそう言い切ると、筒見に顔を向けて、笑みを浮かべた。

「この男は沖縄の出身です。父親はアメリカ人です。しかし、彼に父親の記憶はありません。母親は日本人です。妹が一人います。彼がロタの病院に来るまでは、北谷市で母子三人寄り添って暮らしていました。彼はもともと言葉も遅かったし、近所の子供たちとも遊ばなかったようです。彼の話し相手は、小学校に上がってからも、母親と妹だけでした。しかし、彼が小学校の最上級生のときでした。妹と一緒にお使いから帰宅したときに、決して見たくはない光景を目撃してしまったのです。三人の若いアメリカ兵が、母親に性的な暴力を加えていたのです。彼と妹は泣き叫んで止めに入ったのですが、彼は容赦なく殴り飛ばされ、妹はまだほんの子供なのに母親と同じ目に合わされました。そのあと、彼は自分

と世の中との扉を完全に閉ざしてしまいました」

「そんなふうには見えないが」

筒見はキャッチャーを見つめて、さっき自分にお辞儀をしてきたではないかと思った。

「ええ。彼は野球をキーにすると、世の中との扉が開くのです」

「なるほど」

筒見は頷くと、世界を遮断しているキャッチャーから、いったん視線を外した。

「で、彼はそのハンディを、どう逆手に取っているのかな。どう野球に活かしているのだろう」

「筒見さん。我々をだいぶ解ってきましたね」

エポック博士はにこりと笑うと、言葉を続けた。

「彼らのように閉じた人間の中には、自分が興味のある事柄に関して、天才的な記憶力を持っている人がいます。筒見さんは歴史的な名作映画の『レイン・マン』をご覧になりましたか」

「ああ。ダスティン・ホフマンが主役を演じた映画だね」

「ええ。この彼がまさにそのダスティン・ホフマンです。彼の頭の中には、日本のプロ野球に関して、コンピューター並みの情報が入っています。とりわけ、西武士ライオンズでしたら、去年の一四六試合+日本シリーズで、バッテリーがどういう配球をしたのか、一球、一球すべてを覚えています」

「そんなばかな」

「まあ、筒見さん。ちょっと試してみてください」

「うーん」

筒見はまた唸った。配球を覚えている試合なんてあるかな。こっちがそれを思い出せないと、どう答えられても、正解かどうかもわからない。筒見は頭を捻った。

「そうだ、あの試合なら」

筒見が思い出したのは、去年のペナント・レースで、優勝の二文字をぐっと引き寄せた試合だった。難解ホークスを相手に、9点差を大逆転して、マジックが初点灯した試合だ。

その試合では、平成の怪物と言われる稲尾が、怪我から復帰後、二度目の先発を任されていたのだった。

筒見は稲尾、愛称サイちゃんを特別に可愛がっていた。できることなら、孫娘の結婚相手に決めて、自分の義理の孫にしたいくらいだった。

しかし、筒見の公私両面からの応援も空しく、サイちゃんはその試合でぼろくそに打たれて、二回もたずに早々とノック・アウトされたのだった。しかし、その後でフトシやトヨのホームランが飛び出して、結局は西武士ライオンズが四時間十二分の試合を制したのだった。

筒見は試合の途中、オーナー席で、悔しくて地団駄を踏んだり、感激して目をうるませたりした。とりわけ、サイちゃんが打ち込まれたときには、なんで一五一キロの直球が打たれるのだ、キャッチャーのリードが悪い、和田をここに連れて来い、河合に代えろと怒鳴りまくったので、サイちゃんの配給を詳細に覚えていた。

「では、去年の八月十六日の難解ホークス戦で、先発ピッチャーが最初に投げた球はなんだった」

「稲尾が広瀬相手に投げた、外角高目に外れる一四六キロのストレートでした。やや、シュート回転していました」

「そのとおりだ」

筒見は目を見張った。サイちゃんは調子が悪くて力むと、ストレートがシュート回転する。筒見はその一球を見て、いやな予感がしたのだった。

「三人目のバッターへの初球は」

「稲尾が左バッターの杉山相手に投げた、真中低目へのストレートでした。一四一キロでしたから、スライダーが曲がらなかったものと思われます。杉山はライト・スタンドにライナーで運びました」

そうか、あれはスライダーが変化しなかったのか。和田が直球を投げさせたのではなかったのだ。くそっ。筒見は稲尾の五ヶ月も前の一球を悔しがった。

「今度はちょっと難しいぞ」

「どうぞ」

「稲尾が二回に九番バッターへ投げた四球目は」


これは前の二つの質問と違って、試合の流れにあまり関係のないボールだ。世界から自分を閉じている、天才キャッチャーは覚えているだろうか。

「森下がバッターでした。一球目は外角低目のサインだったのに、まったく反対の内角高目に、一四二キロのすっぽ抜けの直球が行きました。二球目もやはりサインは外角低目でしたが、やや内角寄りの真中低目に一四〇キロの直球が行きました。速度が二キロ落ちたのは、コントロールを意識した結果だと思います。森下は空振りしました。三球目もサインは外角低目で直球でした。今度は一四七キロの球がシュート回転して内角低目に行きました。これもいわゆる逆球です。森下は見逃して、ストライクの判定でした。ここまでキャッチャーは外角低目の直球しか要求していませんが、稲尾はそこへ一球も投げることができませんでした。しかし、カウントはワン・ツウで、バッターを追い込んでいます。ここで、問題に出された、四球目です。キャッチャーのサインは外角やや高目に外せ、でした。でも、一四七キロのこれまた直球が、外角高目ぎりぎりのストライク・ゾーンに入って来ました。森下はバットを出し掛けて止めました。微妙なハーフ・スイングでした。が、アンパイアはボールと判定しました。たぶんアンパイアがキャッチャーの構えを見て、次は外すのだなという思い込みがあったのだと思います。稲尾もアンパイアにコースが外れたのかとジェスチャーで訊いて、次の判定にプレッシャーを掛けています。以上が答えです。因みに、五球目もやはり同じ外角低目のサインでした。でも、今度は森下への初めての変化球で、一三二キロのチェンジ・アップでしたが、低すぎて、ボールの判定でした。これでフル・カウントです。六球目もサインは外角低目でした。でも、一二九キロのチェンジ・アップが真中低目へ行きました。同じチェンジ・アップなのに、速度が三キロ落ちているのは、やはりフォア・ボールを出したくないので、稲尾が入れに行ったのだと思います。結果は平凡なレフト・フライでした。森下に対しては、問題に出されたボールだけが、まあまあサインに近い、いいボールでした。でも、ストライク・ゾーンの高目に入っていますから、四番の野村あたりだと、ライト・スタンドへ流してホームランにできる球です。あとは直球も変化球も、まるでキャッチャーの構えた所には行っていませんでした」

「どうです」

エポック博士が胸を張って、筒見を見つめた。

「いやはや、なんともはや、凄すぎる」

筒見は舌を巻いた。いくらかっとしたとはいえ、キャッチャーを河合に代えろと怒鳴った行為が、今更ながら恥ずかしくなった。あのとき代えるのは、ピッチャーのサイちゃんの方だったのだ。

筒見はある種の感動をして、深い溜め息をついた。これなら、このハンサム・ボーイは、和田や河合の後継者になるだろう。いや、和田や河合を追い抜いて、すんなりと正捕手になるかも知れない。そうだ、ベテランの日比野をバッテリー・コーチに抜擢して、この若いキャッチャーを育ててもらおう。

「もちろん、彼の頭の中には、十二球団の全打者の得意球と不得意球がインプットされています。また十二球団の各ピッチャーの持ち球と、それをより活かすための相手打者ごとの配球も数種類ずつインプットされています」

「まさしく、コンピューターだね」

「ええ。それが彼の欠点でもありますが」

「欠点のわけがないだろう」

「いや、欠点です。彼は閉じている人間の独特のこだわりから、確かに日本のプロ野球の全データを、とりわけ西武士ライオンズを中心に、ほとんど記憶してはいます。でも、コンピューターに過ぎません。初めて対戦するバッターを後ろからマスク越しに見て、どう攻めたらいいのかを考えられません。そのバッターのフォームから欠点を見抜いたり、どういう精神状況でバッター・ボックスに入っているかを察したりは、できないのです」

「なるほど。彼は動く電脳マシンなのだね」

「ええ。彼には誰にでもある普通の感情がないですね。その代わり、彼の頭の中では、今シーズンのセ・パ両リーグの勝敗表と、日本シリーズの結果が、すでに弾き出されています。今のままだと、さっきわたしの口で話したとおり、今シーズンも読捨ジャイアンツの一人勝ちだそうです。そして、またシーズン・オフには、大リーグの球団が、それこそ西武士の豊田やフトシや稲尾、さらには読捨ジャイアンツからも川上や長嶋や堀内、江川を盗み取って行くでしょう。こんな大リーグ一人勝ちの構造が数年も続けば、日本のプロ野球界は……」

「わかった、わかった。アメリカへの怨恨の大演説は、もういい」

筒見はあわてて自分の顔の前で、片手を横に振った。

「はい。彼はこの悪夢のような結果に気づいているから、なんとか大リーグ一人勝ちの流れを変えたいわけです。そこで、自分たち五人が西武士ライオンズに入団するという、現実仮想を行なったのです。具体的には、自分たち五人のデータを西武士ライオンズに入力してみたわけです。だから、彼の頭の中には、すでにこの新しい流れでの、一年後のパ・リーグの勝敗表と、これに続く日本シリーズの結果が、インプットされています」

「その結果を教えてくれ」

「だめです。チョー秘密事項です。しかし、今年のシーズン終了後、日本のプロ野球界は、大リーグとどう関わって行くのか……」

「きみたち自身の話だな」

筒見は口端を歪めて、にやりと笑った。しかし、エポック博士は笑わなかった。

「いや、我々だけの話ではありません。日本のプロ野球界全体の話です。わたしがきょうあなたを強引にここに連れて来たのも、自らを閉じているキャッチャーが頭の中で弾き出した結果を、どう日本のプロ野球界の現実で生かすかです」

エポック博士がそう力説すると、筒見はこくりと頷いて、右手を差し出した。エポック博士も右手を差し出して、二人は握手を交わした。


「わたしも、さっきから頭の中で、この五人が西武士ライオンズに入団したら、どのくらい儲かるかを現実仮想していたよ」

筒見はそう言って、大声で笑った。もちろん、冗談のつもりだった。でも、筒見以外は、誰も笑わなかった。冗談だよ、冗談。筒見はそう付け足してみたが、それでも誰も笑わなかった。

15

「ところで、五人の国籍ですが」

エポック博士は落ち着き払って、筒見に語りかけた。しかし、筒見はそれを遮って、話し始めた。

「そうだ、外国人選手には人数枠があったのだ。うちには、ビュフォードとアルーという二人のスラッガーが、すでに在籍しているからなあ。ピッチャーにも、台湾からの郭泰源がいるし」

「ええ、わかっています。そこで、沖縄生れの彼を除いて、他の四人には日本国籍を取得させました」

「どうやって」

「それは、言えません」

「さては、こっちの道から、買ったな」

筒見は人差し指の先で、自分の頬をすっと刷く真似をした。

「我が西武士ライオンズで、こっち関係と親しいのはまずい」

「それはご安心ください」

エポック博士は、頭を横に振ると、話を続けた。

「ただ彼らは五人ともが、戸籍上の名前でグランドに立つのを嫌がっています」

「ほんとに、こっち関係ではないのだろうな」

「しつこい」

エポック博士は筒見の目を見つめながらきっぱりと言い切った。

「わかった、信じよう。それなら、今わたしが、みんなに登録名を付けてやろう」

まず、筒見はベンチの長イスに坐っている、モアイの巨大石像を指差した。


「あの左バッターは、もあい・いしぞう、でどうだ」

筒見はメモ用紙を取り出して、〈最愛石造〉と漢字で書いた。しかし、最愛石造と名付けられた男は、返事をする代わりに、口端から涎を一筋流しただけだった。

「よし、決まりだ」

ついで、筒見はベンチ前の整列組の中で、いちばん右側に立っていた、覆面男を指差した。枯葉剤に負けないで、野球一筋、か。筒見はそう呟くと、こうしようと右の拳で左の手のひらを叩いた。

「きみは、あいば・きゅういち、だ」

筒見はメモ用紙に、〈愛葉球一〉と記した。しかし、愛葉もなにも反応しなかった。

「よし、決まりだ。次はきみだ」

筒見は愛葉の隣に立っていた、サングラスの男を指差した。

「きみは、めぐろ・じゅん、で行こう。漢字はこうだな」

めぐろ・じゅんがサングラス越しに、メモ用紙を覗き込むと、〈目黒純〉の形に長短何本もの線が入り乱れて引いてあった。筒見は、これでいいかと、もう訊かなかった。

「さて、きみだ」

筒見は毛むくじゃらの金髪男の正面に立った。

「きみの場合は、名前だかヤジだか、わからないのが、いいよな」

うーん。筒見は得意の唸り声を絞り出して、それからこうしようと切り出した。

「きみは、さるた・しょうきち、がいい」

筒見は〈猿田小吉〉と漢字を当てた。

「最後はきみだ。きみは逆に、明るい開かれたイメージの登録名にしたいな」

筒見は世界から閉じている天才キャッチャーの前に立つと、腕組みをして、首を捻った。この男はなんとか売り出したい。一般受け、それも黄色い声援を背に受ける、次世代のスターにしたい。

「決めた。みなみ・はるみ、だ」

「よかった」

彼は自分の名前には反応した。野球をするときの名前だからか。

「正田治平、ジヘイ・ショウダとか付けられたら、どうしようかと思った」

「ほう。冗談を言えるのか」

筒見は笑いながら、メモ用紙に〈南晴海〉と書き込んだ。

「三波春雄、でもないぞ」

16

「あと、わたしなのですが」

エポック博士が、視線を下に落として、もじもじしながら言い出した。

「えっ、博士も登録名が欲しいの」

「まさか」

エポック博士は顔を上げると、その顔の前で右の手のひらを横に振った。

「そうだよね。ああ、びっくりした。さて、なんでしょう」

「わたしも、一軍のベンチに入れて欲しい。コーチがだめなら、ドクターとしてでも」

「あっ、それはもう。コーチ兼ドクターとして、入ってもらいましょう」

「ありがとう」

エポック博士は顔を赤らめると、にこにこと笑いながら、なんども頷いた。

「この五人にしか、口を出しませんから」

「いや、他の選手にも、なんなりと教えてやってください。この普通ではない五人を普通ではない天才に育て上げたのは、他でもない博士、あなたですからね」

筒見はそう言うと、自分の腹がぐうっと鳴ったのを耳にした。アファダイ・スタジアムの空を見上げると、いつのまにか日はすっかりと落ちていて、椰子の葉陰に満天の星が輝いていた。

「あと一つ条件があるのですが」

エポック博士が、またおずおずと言い出した。


「なんなりと。でも、わたしは腹ぺこなんだな。みんなでチャモロ料理でも突っ付きながら、続きを話しましょうや」

「ええ、まあ」

エポック博士はあまり乗る気ではないようだった。そう見て取った筒見は、別の誘い方を試みた。

「ところで、うちのエースの稲尾、サイちゃんを知っているよね」

「ええ。みんな憧れていますよ」

「そのサイちゃんが、今サイパンで自主トレ中なのだ。今夜、一緒に食事を摂る約束だから、みなさんにご紹介しましょう」

南がぱっと顔を上げて、筒見を見つめた。しかし、エポック博士はそれを聴くと、はっきりと断わった。

「今夜はやめておきましょう」

「なにか不愉快な思い出でも」

「いや、なにも。ただ、チーム関係者との初対面には、こだわりがあるのです。とりあえず、最初は先に五人のプレーをお目にかけたいのです」

「どういうことかな」

「筒見さんは、この五人をぱっと見て、第一印象はどうでしたか」

「まあ、それは」

「でしょう。五人をビジュアル面で印象付けたくないのです」

「なるほど」

筒見はなんども頷くと、でも南はハンサムだと言って、それから了解と付け足した。

「では、サイちゃんも明日の夕方六時に、三原監督や大下のポンちゃんといっしょに、アファダイ・スタジアム、いや違ったフランシスコ・パラシオス・ベースボール・フィールドでご紹介しよう。サイちゃんは、目は細いが、心臓は十個くらいあるから、みなさんのプレーを一目見たら、おれが投げてやる、って言い出すよ」

「ところで、さっき言い掛けた、もう一つの条件なのですが」

エポック博士は、また頬を赤らめながら切り出した。

「そうだった。どうぞ、なんなりと」

「わたしを含めて六人とも、契約金は要りません。その代わりと言ってはなんですが、西武士ドームの近くに、我々六人が一緒に住める家かマンションを購入してくれませんか。また遠征先の球場の近くにも、我々六人が寝泊りのできるマンションを借りてください」

「お安いことだ。日本人選手と同じホテルには泊まりたくないのだろう。いいよ。実質的には、みなさんは外国人選手なのだから、外国人選手並に扱うさ」

「いや、わがままを言いたいわけではないのです。医療器具を備え付けておきたいのです。ホテルでは無理でしょう」

「なるほど。そうか。わかった。その医療器具も、あれを買え、これを買えと言ってくれれば、西武士デパートを通して、こちらで揃えるよ。なに、契約金だって、ちゃんと出すさ」

「いや、契約金は本当に要りません。まだ、海のものとも山のものとも判らない選手に、契約金は不要です。でも、出来高払いを考慮してください。それから、もうひとつ。契約はわたしを含めて六人とも、一年契約にしてください。それはさっきお話しした、日本シリーズで、読捨ジャイアンツの一人勝ちを崩したら」

「大リーグに行くのか」

「いや、そんな単純な話ではないのですが」

「それも、了解。球団代表の西に言っておくさ。というよりも、彼も明日サイパンに呼んでしまおう。明日、契約を済ませばいい。ハンコを持っていなければ、もちろんサインでもいいよ。では、明日の夕方六時に、ふたたびこの球場でお会い致しましょう」

筒見はふたたび右手をエポック博士のおなかの前に差し出した。エポック博士が右手を差し出して答えると、二人の握手の上に、南も猿田も目黒も右手を乗せた。愛葉はぼおっと突っ立っていたが、目黒がその右手を取って、握手の山の頂上にそっと置いてやった。最愛だけは、ベンチのイスから動かなかった。でも、彼の心は握手に参加していた。筒見はそれをちゃんと読み取った。最愛の目から涙が一粒こぼれ落ちたのだ。

「うーん。わくわくどきどきするな」

筒見は握手の塊のいちばん上に、自分の左手も添えた。

「野球は団体競技なのに、個人技が大きくものをいう。しかも、攻守を交代で行なう珍しいスポーツだから、その個人技だって、一芸に秀でていればいい。ホームランは打てなくても、スクイズの名人ならばチームにとっては存在価値があるし、完投はできなくても、一イニングだけをぴしゃりと抑えれば、それで大魔神と拝まれる。欠点があっても、それ以上の特殊能力があれば、野球界では大スターとして通用する。だから欠点を直すというよりも、長所を伸ばすという考え方が正解だな。うちでは新入社員の教育も、この方針で行なっている。どうぞ、みなさんも特殊能力をいかんなく発揮して、我が西武士ライオンズを日本一にしてくれ」

「がんばりますよ」

エポック博士がにこにこと笑いながら、筒見の顔を見て、なんども頷いた。

「ね、筒見さん。グリーン・フラッシュは、あなたにとってもラッキー・フラッシュだったでしょ」

17

「オーナーも人が悪いですな」

三原監督はサイパン国際空港に着くと、同行の球団代表の西にこぼした。

「あと一週間あまりで、キャンプ・インですよ。こんな忙しいときに」

「わたしには、契約書を六人分持って、明日サイパンに来い、ですからね」

西球団代表も口端を歪めた。

「六人分ねえ。こんな南の孤島に、日本のプロで通用する野球選手がいますかねえ。ハワイやモンゴルで相撲取りをスカウトするのとは、わけが違う。きっと我々の無駄足ですよ」

「いや、我々はまだいい方ですよ。成田からですからねえ。大下のポンちゃんなんか、豊田を連れて、佐賀の武雄で自主トレ中だったのですよ」

二人はタクシーに乗り込むと、西代表がサイパン・プリンセス・ホテルまでと運転手に告げた。

「あっついですねえ」

ロコと思える運転手が、変なアクセントの日本語で話し掛けてきた。

「観光、ですか」

「それなら楽しいだろうね」

三原監督が少しムッとして答えた。

「仕事、ですか」

「そうだ」

西代表が吐き捨てるように言った。しかし、運転手はそんな細かいニュアンスが解らずに、ただの肯定だと受け取ったようだった。

「仕事、疲れる、たいへんね」

「うるせえな」

西代表は眉間に皺を寄せた。

「おんな、いますよ。おんな、百ドル。安いね」

「少し黙ってくれないか」

三原監督が怒鳴った。

「シャラップだ、シャラップ」

西代表がだめを押した。運転手は肩をすくめると、アクセルを踏み込んだ。

「大の男が二人でリゾート地のサイパンだからな。誤解されるのだ」

「まったく」

二人がホテルに着くと、時間が悪かったのか、ロビーはツアー客でごった返していた。そのままロビーを突っ切って、集合場所のラウンジへ行くと、オーナーをはじめ、大下外野手兼助監督も豊田選手会長も稲尾も、すでにテーブルについていた。二人がオーナーに挨拶をすると、大下と豊田と稲尾が立ち上がって、二人に体育会系の挨拶をした。

「なんだ、トヨも来たのか」


三原監督が豊田選手会長に笑い掛けると、豊田は形のいい鼻の頭に手をやって、てれたように笑った。

「いやあ、武雄に一人残っても、寂しいっすからねえ」

「サイパンには、こいつもいるしね」

大下が稲尾をあごですくった。

「トヨは、もうサイちゃんの球を打ちたいみたいですよ」

稲尾は細い目とのそっとしたサイのような風貌から、選手仲間からもサイちゃんと呼ばれていた。

「うん。トヨもいてくれた方が、好都合だ」

オーナーがイスに坐ったまま、口を挟んだ。

「監督と代表は、チェック・インをして、またすぐにここへ降りて来てくれ」

「はい」

「それから、きみたち三人は部屋でユニフォームに着替えて、自分のグローブとかバットを持って、もう一度ここに集合だ。十五分後にはホテルを出る。急いでくれ」

「はい」

五人は筒見オーナーをラウンジに残して、ロビーに出ると、フロントへ向かった。

「オーナーは、どんな選手たちか話したか」

監督が大下助監督に訊いた。大下は頭を横に振った。

「訊いても、教えてくれないのですよ」

「百分は一分だ。見れば、わかる、って」

豊田選手会長もそう言って、首を捻った。

「なんか、オーナーはご機嫌でしたよ。笑いながら、百分は一分だって、繰り返し呟いていました」

稲尾も憮然と付け足した。

「サイちゃん。それは、きっと百聞は一見にしかず、の意味だな」

監督が笑いながら稲尾を諌めた。

「なるほど。でも…」

「そう。いったいどんな選手が、この島に居るって言うのだろう」

「キャンプ前なのに、いい迷惑だよな」


五人は互いの顔を見回して、それぞれが眉間を狭めた。

18

五人の姿がラウンジに揃うと、筒見オーナーはイスから立ち上がった。

「よし行こう」

オーナーが先頭に立って、ロビーを抜けようとすると、日本人観光客の何人かに声を掛けられた。

「あっ、西武士ライオンズの豊田だ」

「青バットの大下もいるぞ」

「鉄腕稲尾も」

「みんな、でかいなあ」

豊田と稲尾は、悪い気がしなかった。

「おれたちも、全国区になったなあ」

「うん。日本シリーズで、あの読捨ジャイアンツと戦ったからなあ」

でも、大下は舌打ちをした。

「さっきは、誰も気づかなかったぞ」

「そう言えば」

豊田と稲尾は顔を見合わせた。

「今はユニフォームを着ているからさ。名前だって、背中に書いてあるだろ」

ホテルの前に西武士系のツアー・バスが待っていた。筒見オーナーは真っ先に乗り込むと、先頭の座席に腰を下ろした。続いて、西球団代表が車内に入り、オーナーの後ろの席に坐った。そのあと、三原監督、大下外野手兼助監督、豊田選手会長、稲尾の順で乗り込んだ。ツアー・バスが大きくて、車内が広いので、二人並んで腰掛けるのも、なにか妙だった。それで、乗車した順に一人ずつ後ろの席へと坐っていった。

隣に人がいないので、だれも口をきかなかった。

ツアー・バスはビーチ・ロードを南に向かって走り、オレアイで道路から外れると、野球場の脇でエンジンを止めた。筒見オーナーが立ち上がって、後ろを振り向くと、大きな声で言った。

「この球場にいる連中をライオンズに入団させる。そこで、彼らにどれくらいの実力があるのか、選手諸君が実際に試してくれ。また監督と代表は自分の目でしかと確かめてくれ」

19

「冗談じゃないぞ」

豊田選手会長はだれにも聞こえない小さな声で呟いた。稲尾のサイちゃんも胸の中で悪態をついた。

「なんだよ、これは。甲子園どころか、リトル・リーグも経験のない素人じゃないのか」

しかし、大下のポンちゃんだけは笑いながら、大声で答えた。

「よっしゃ、いっちょう試してやる」

全員がツアー・バスから降りて、グランドに入ると、白髪まじりの男が筒見オーナーに近寄って来た。オーナーは笑顔になって、その男をみんなに紹介した。

「この方は、エポック博士だ。今この球場で、各ポジションに散らばっている五人の選手の、育ての親だ。ドクター兼コーチで、ベンチにも入ってもらう」

　エポック博士は、一人一人の顔を見て、会釈をした。ポンちゃんが反射的に笑みを返した。しかし、あとの四人はちょっと頷いただけだった。

「仕方がないな。まだ五人のプレーを見ていないもの」

　エポック博士は胸の中で呟いた。

「博士、早速お願いします」

　筒見オーナーがエポック博士に軽く頭を下げた。西球団代表はそのオーナーの姿を見て、目を見張った。会長が人に頭を下げたぞ。これはただ事ではない。東南海大地震か、富士山大爆発でも起こらなければいいが。

「トヨ、あのピッチャーのボールを受けてくれ」

　オーナーがマウンドを指差して言った。マウンドには、悪役のプロレスラーみたいな黒い覆面をした、大柄のピッチャーが立っていた。

「ああ、いいっすよ」


　豊田は二、三回両腕を回すと、キャッチャー・ミットを嵌めて、その土手を右手の拳でぽんぽんと叩いた。

「ポンちゃん、打席に入って、バットを振ってくれ」

「本気で打っちゃっても、いいっすか」

「いいよ。打てるなら」

　大下はがくっとこける真似をした。三原監督が筒見オーナーに向かって、穏やかに進言した。

「オーナー、いくらキャンプ前だって、素人相手じゃ場外まで持って行きますよ」

「そうかな」

「まいったな」

　三原監督は苦笑いをすると、首を捻って、三塁コーチス・ボックスに立つときのように両腕を組んだ。

「おい、トヨ」

　オーナーは、また豊田に大声で話し掛けた。

「はい」

　豊田はホーム・ベースの後ろに行って、しゃがみ込んだところだった。

「マスクとプロテクターをつけろ」

「なーに、大丈夫ですよ」

「だめだ、怪我をする。マスクとプロテクターをつけろ。オーナー命令だ。それから、なにがあっても、グローブを嵌めていない右手で取りに行くなよ」

「まいったなあ」

こんな注意を口にするのは、おれがキャッチャーではないからだな。でも、素人の球なんか、いくら速くたって、一二〇キロも出ればいい方だ。だいいち、おれのミットに届く前に、ポンちゃんが場外に運んでいる。なんなら、素手で構えたって、いいくらいだぜ。

豊田はそう思って、胸の中で舌打ちをした。しかし、オーナー命令とまで言われたら、従うしかない。豊田はそこに居たロコのキャッチャーからマスクとプロテクターを借りた。

豊田がキャッチャーの位置にしゃがみ込み、大下がバッター・ボックスに入ると、オーナー自身がマウンドに声を掛けた。

「愛葉、プレー・ボール」

愛葉と呼ばれた覆面男が、両手を振りかぶって、左足を高く上げた。このとき、三原監督も大下も豊田も、愛葉の足の長さが左右違う事実に気がついた。しかも、左足を下ろしたときに、上体がぐらりと揺れた。

「おいおい」

豊田はマスクの下で、両眉を寄せた。

「ホーム・ベースまで、ボールが届くのかな」

愛葉の右手から、ボールが離れた。

「おっ、なかなかじゃないか」

大下は瞬間に思った。一三五キロくらいは出ている。しかし、大下はしめたと思った。打ち頃のスピードで、ど真中の直球だ。

「よーし。ボールが割れるくらい引っ叩いてやる」

大下はボールをひきつけて、今だとバットを出し掛けた。

「あっ」

大下と豊田の口から、同時に短い叫び声が上がった。次の瞬間に、フル・スイングのバットは空を切り、大下は腰を思い切り回転させて、その場に尻餅をついた。豊田は差し出したミットに、ボールが入らなかった。たちまち、顔を直撃されて、キャッチャー・マスクが吹っ飛び、この衝撃でこれまた尻餅をついた。

大下と豊田は尻餅をついたまま、互いの顔を見合わせた。

「ボールが、消えた」

二人は声を揃えて叫んだ。

「ポンちゃん、どけ。ぼくが打席に立つ」

三原監督はそう叫ぶと、大下の手からバットをもぎ取って、大下をバッター・ボックスから追い出した。

「もう一球、投げてくれ」

「おれは、もういやですよ」

そう悲鳴を上げたのは、豊田だった。ボールがただ消えたって、捕球は難しい。でも、今のボールは消える前までの軌道とは、明らかに違う場所に飛んで来ている。

「こんなボールにミットを差し出したって、怪我をするだけだ」

本職のキャッチャーだって、誰も捕れないよ。豊田はプロテクターを投げ捨てた。それを見て、エポック博士が南晴海に微笑んだ。

「きみが捕球してやれ」

「はい」

南は豊田が外したプロテクターを付けると、キャッチャー・マスクを被って、三原監督の脇に蹲踞の姿勢で坐った。愛葉が南を覗き込むような仕種をした。南がサインを出しているのか。愛葉が頷いて、大きく振りかぶると、腰を捻って、左足を上げた。

しかし、左足を下ろしたときに、またよろっとした。

しかし、長い右腕はしっかりと振られて、ボールは指から離れると、キャッチャーめがけてまっすぐに飛んで来た。

三原監督は右のバッター・ボックスで、バットを右肩に担いだまま、瞬きもせずに白球を見つめていた。

「消えた」

三原監督が呟くと同時に、南のキャッチャー・ミットがパーンと音を立てて、消えたボールを捕球した。

「どうして、きみは捕球できるのだ」

知将三原監督は、南を振り返って、トーンの高い声で訊ねてみた。しかし、南はなにも答えなかった。

三原監督は訊き方を変えてみた。

「きみには、ボールが見えるのか」

「見えない」

南はキャッチャー・マスクを掛けたまま、低い声で呟いた。

「どうだい」

筒見オーナーは胸を張って、三原監督を見つめた。

「日本から海を越えて、見に来た甲斐があっただろう」


「ええ、確かに。でも、オーナー、一つ問題が」

三原監督は口を歪めた。しかし、筒見オーナーは、最後まで聴く耳を持たなかった。

「わかっとる。だから、愛葉が投げるときは、正捕手の和田ではなく、この南をキャッチャーに据えればいいのだ」

「いや、そういう問題ではなくて」

三原監督は言いよどんだ。首を捻って、なにかを考えている。

「なんだい、監督。はっきり言えよ」

「ええ。この消える魔球は、アンパイアにも見えませんよねえ。これって、まずいですよ」

「あっ」

筒見オーナーはずっこけた。

「なるほど。ストライク、ボールのジャッジか」

「ええ。ぼくが敵チームの監督だったら、すぐにすべて見送りのサインを出しますよ。それで、もしアンパイアが一球でもストライクと言ったら、猛烈に抗議します。今のボールが、ストライク・ゾーンを通ったのを見たのか、って」

「うーん」

筒見は両腕を組んで、唸ってしまった。

「消える魔球は、夢か。試合には使えないのか」

「とんでも、ありません」

エポック博士が沈みかけた話に割って入った。

「愛葉のボールは、実際には消えていません。きのうも言ったとおり、バッターの手元で急に伸びるのです。自分の動態視力では見えないからと言って、ボールと判定を下すのでは、アンパイアとして失格ではないですか」

エポック博士は、セカンドの目黒純を手招きした。目黒はサングラスを微かに上下させながら、ホーム・ベースまで走って来た。

「目黒、打ってみろ」

エポック博士は三原監督からバットを受け取ると、目黒にグリップの方を先にして手渡した。

エポック博士と筒見オーナーと三原監督は、キャッチャーの背後に立って、右バッター・ボックスの

目黒を見つめた。

「目黒はスイッチ・ヒッターです」

エポック博士が、静かな口調で紹介した。

愛葉がサインに頷いて、ふりかぶると、左足を上げた。その左足が地面に戻ると、上体がぐらっと揺れて、長い右腕がしなった。はたしてボールはバッターの手元でふっと消えた。しかし、目黒はためらいもなく、バットを送り出した。こつんと音がした。ボールがふたたび現れて、ファーストへぽてぽてと転がって行った。

「打ち損なっちゃった」

目黒はぺろりと舌を出すと、肩をすくめた。しかし、キャッチャーの後ろに突っ立っていた三人には、これで十分だった。

「彼のように動態視力が人間離れしていれば、ちゃんと見えます」

「でも、アンパイアに、それを望むのは無理だ」

三原監督は右手であごを触りながら言った。

「それなら、こういう手を打ちましょうよ。キャ

ンプ中にアンパイアたちが、ジャッジの練習を兼ねて、各チームを回るでしょう。ライオンズに来たときに、マスコミにはマル秘で研修会を開いて、消える魔球のビデオをスローで回して見せましょう。実際の試合では、消えるまでの軌道とキャッチングした位置で、ジャッジしてもらうしかありません」

エポック博士がそう提案すると、筒見オーナーも続けて言った。

「愛葉が消える魔球を投げれば、客がわんさかと入る。他のチームの監督がなにかクレームを付けても、その背後からパ・リーグのオーナー連中が羽交い絞めにするさ」

20

「サイちゃん、肩はできたか」

筒見オーナーがブルペンに行って、稲尾に目配せした。稲尾は豊田を坐らせて、ピッチングを続けている。

「まだキャンプ前ですからねえ」


「オーナー、変化球はだめですよ」

豊田が口を挟んだ。

「この時期にキャッチャーを坐らせて、変化球を投げたら、肩を壊します」

「直球だけでいいさ」

オーナーは笑顔で答えた。稲尾はピッチングを止めて、あごを左右に振ると、首をぽきぽきと鳴らした。

「よし、投げましょう」

稲尾がマウンドに立つと、最愛がいきなりベンチを飛び出して、左バッター・ボックスに入った。最愛はさっきまで、ベンチの長イスで、爬虫類のようにじっとグランドを見つめていた。が、稲尾がブルペンで肩を作り始めると、その様子を見計らって、エポック博士が最愛に白い錠剤を飲ませたのだった。三原監督は、それを目ざとく見つけて、筒見オーナーに詰め寄った。

「妙なクスリは、困りますよ」

「あの人は、きみと同じで、本物の医学博士だ」

三原監督は慶応大学の医学部を出た異色のプロ野球人だった。

「それならばいいのですが」

最愛が左バッター・ボックスの中で屈伸運動を始めた。それが終わると、近くに寝かせておいたバットを握り締めて、一回、二回と素振りを行なった。そのたびに、びゅん、びゅんと豪快な音が辺りに轟いた。エポック博士が三原監督の傍に行って、左バッター・ボックスの最愛を見つめながら話し掛けた。

「L‐DOPAⅡを与えたのです。無動状態から多動状態へと劇的に効きますが、ご存知の通り、麻薬的な成分はいっさい入っていません。ステロイド系とも違います。ただ十五分経つと、オン、オフが入れ替わって、また無動状態へ戻ります」

稲尾がマウンドで、いつものようにセンターを向いた。右手の拳を心臓に持っていって、そこを軽く二度叩くと、細い目を下に向けてなにか呟いた。そして、もう一度キャッチャーを振り返ったときには、すでに戦う男の引き締まった顔になっていた。


稲尾が振りかぶって、初球を投げた。外角高目の直球だった。コースは甘かった。しかし、一四五キロは出ていた。素人なら、たとえ外角でも、恐くなって腰を引いてしまう球速だ。しかし、最愛は腰を引くどころか、一歩踏み込んで、このボールを上から思い切り叩いた。ボグッとなにかが潰れるような音がして、打球はセカンド・ベースの上をライナーで飛んで行った。センター前のヒットかと、誰もが思った。しかし、このとき目黒が打球の正面に突っ立っていた。なんていう動態視力だ。三原監督は舌を巻いた。これなら、目黒がランナーに出たら、ヒット・エンド・ランを掛けやすいな。ところが、その目黒がいきなり万歳をした。彼のグラブの上を打球が伸びて行った。打球はそのままぐんぐんと上昇して、スタンド目指して飛んで行った。センターの猿田もいったんは前進していた。しかし、すぐに背走を始め、気がつくとフェンスの前まで来ていた。打球はフェンスを軽く越え、外野の芝生席をも越え、場外へ飛び出す勢いだった。猿田はフェンスの上にぱっと飛び乗ると、キキッと叫んで、想像を絶するジャンプを試みた。猿田は空中で、というよりも宇宙で、グラブに打球を収めると、外野の芝生に頭からダイブした。そして、見事なでんぐり返しを成功させると、さっと立ち上がって、グラブを頭上高くに突き出した。

「ナイス・プレーだ」

三原監督が思わず大声で叫んだ。大下外野手兼助監督は右手の親指と人差し指で、自分の右の頬を思い切りつねった。豊田はすっげえと唸った。稲尾はセンターに顔を向けて、口を半開きにしたままだった。

「もう一振り、行きますか」

エポック博士が、三原監督の顔を見て訊いた。

「いや、今の一打で十分だ」

三原監督は首を横に振った。このとき、三原監督はグランドにきな臭い匂いが漂っているのに気がついた。

「そうだ、これはフトシの打球と同じだ」

三原監督は日本球界きってのスラッガー、怪力中西フトシの伝説のホームランを思い出した。ショートが自分へのライナーだと思って、グラブを差し出したら、その上を打球が伸びて行った。一度前進したレフトも、あわてて後ろに下がったけれど、打球はレフトのはるか頭上を越えて行った。しまいには、なんとレフト場外へのホームランになったという、あの今やプロ野球ファンの間で語り継がれている伝説のホームランだ。怪力中西フトシがボールの下を叩いたために、打球にバック・スピンがかかって舞い上がって行ったのだ。そして、あのときもバットとボールのとてつもない摩擦で、バックネット裏の記者席にまで、きな臭い匂いが漂ったのだった。

「さあ、監督。今のファイン・プレーをした、猿田のバッティングも見てやってくださいな」

エポック博士が、三原監督の追憶を打ち破った。三原監督がはっとして、思わず頷いてしまうと、博士はセンターから猿田を呼び寄せた。

猿田は毛むくじゃらの両腕でバットを握ると、右バッター・ボックスに入って、二、三回素振りをした。

「プレー・ボール」

エポック博士が、大声をだした。稲尾は大きく振りかぶったが、そこで投球動作を止めてしまった。

「どうした」

三原監督が緊張した声で訊いた。

「右肘でも痛むのか」

「いいえ」

稲尾はそのままの格好で、監督に答えた。

「じゃあ、どうしたのだ」

「監督。このバッターに、ストライクを投げるのは至難の業ですよ」

「えっ」

三原監督はあわてて、バッター・ボックスに目をやった。すると、小学校の低学年生みたいに小柄な猿田が、さらに前屈みになって、ホーム・ベースに覆い被さるように構えていた。

「なるほど」


三原監督はそう呟くと、にやりと笑った。このバッターはなんと実戦的なのだろう。きっと相手ピッチャーから、フォア・ボールをどんどん稼ぐだろう。

「足も早いですよ」

エポック博士が、三原監督のすぐ横で囁いた。三原監督は猿田の足を見たくなった。

「サイちゃん。いいから、投げてみろ」

「わかりました」

稲尾は猿田のど真中を目指して、思い切り早い球を投げ込んだ。しかし、力が入ったのか、ボールは〈高目〉に浮いて、ストライクにはならなかった。二球目も同じ結果だった。三球目がボールになったときに、稲尾は気がついた。力んでいただけではない。ピッチャーになってから、一度だってそんな低い所へ投げる練習をしたことがないのだ。普通のバッターだったら低目ぎりぎりのストライクと言われるコースへ狙って投げたボールでも、猿田にとっては単なるど真中で、打ち頃の高さなのだから。これではピッチャーとして体が覚えているストライク・

ゾーンと食い違いがあり過ぎる。きっと一流ピッチャーほど、猿田にはストライクを投げられないだろう。はたして、四球目も猿田の顔の高さを通過して、ボールの判定だった。

三原監督は実戦さながらに猿田をファースト・ランナーに立てた。そして、大下をファーストの守備につかせて、バッター・ボックスに南を立たせた。南への初球だった。いきなり、猿田がセカンドに盗塁を試みた。その動きは素早いどころではなかった。なにしろ、四本の足で地面を蹴るのだ。キャッチャー役の豊田が、あわててセカンドに投げようとしたときには、もう猿田はセカンド・ベースの上に立って、前足で、いや両手で、小さなガッツ・ポーズを作っていた。

21

その夜、サイパン・プリンセス・ホテルの豪華レストランで、オーナー主催の食事会が開かれた。しかし、愛葉と最愛は肉体的な理由で、顔を出さなかった。

その場で、エポック博士から、三原監督と大下外野手兼助監督に、彼ら五人を起用するにあたっての依頼事項が提出された。内容は前日に、筒見オーナーにお願いしたものと同様だった。愛葉のストッパーと、最愛の代打、もしくは指名代打、そして目黒のデー・ゲーム不出場である。監督も助監督も、即座に了承した。

「ところで、わたし自身の肩書きなのですが」

エポック博士が、フォークの動きを止めて、おずおずと言い出した。

「この五人の選手にしか口を出さないつもりなので、ドクター兼部分コーチなんて、どうでしょう」

「部分コーチとは、変ですねえ」

三原監督は大笑いした。

「この五人をここまでの選手に育て上げたのだ。うちの選手たちにも、少しも遠慮はいらないですよ」

「きのう、わたしも同じ意見を述べた」

オーナーも横からそう言うと、笑顔で頷きながら言葉を続けた。

「どうです、監督。エポック博士は、ドクター兼総合コーチで」

「いいですよ」

三原監督が即答すると、オーナーは大下外野手兼助監督に顔を向けた。

「異存ありません」

「よし、決まりだ」

筒見オーナーは一件落着と呟くと、エポック博士にこれで受けてくれますねと念を押した。

「はい」

エポック博士は少し頬を赤らめながら頷いた。

「早速ですが、二月一日からキャンプの第一クールが所沢で始まります。あなたを含めて六人全員参加できますか」

三原監督がエポック博士に訊ねた。エポック博士は、しばらく首を傾げて、なにやら考えていた。そのあとで、口を開くと、いっきにしゃべった。


「猿田と南は問題ありません。最愛と愛葉もキャンプにはもちろん参加させますが、別メニューでお願い致します。その別メニューの一部に、南をつき合わせます。愛葉の消える球を捕球できるのは、南だけですから。問題は目黒ですねえ。目黒は昼間視力が出ません」

「でも、内野手は連係プレーの体得が重要ですよ」

「ええ。では、目黒の件は監督にお任せ致しましょう」

エポック博士がそう言うと、今度は三原監督が首を捻って、そうだねえと呟いた。

「では、こうしましょう。目黒は、特訓と称して、時々夜間練習を行ないましょう。そのとき、フトシや仰木や城戸などの数人の内野手に、おまえらも特訓だ、と申し付けます。彼らと連係プレーを行なってください」

「わかりました。格別のご配慮をありがとうございます」

エポック博士が、軽く頭を下げた。すると、それを見て、筒見オーナーが割り込んで来た。

「うん。目黒の夜間練習に賛成だ。それと、愛葉の消える魔球は、開幕直前まで封印しておきたい。だから、愛葉の消える魔球の投球練習は、やはり夜間の特訓中に、報道陣を締め出してからこっそりと行なってくれ。もちろん、オープン戦が始まったら、愛葉にも登板してもらう。しかし、オープン戦では、愛葉はまだ五センチ曲がる三種類の変化球だけだ。これだけでも、地味ながら十分に通用するだろう。目黒のオープン戦出場は、福岡ドームでの対難解ホークス戦だけかな。この試合はナイターで行なうからな。あとは昼間のゲームばかりだから、目黒の出場はちょっとムリだな。ただ雰囲気に慣れるために、一軍のベンチには入ればいい。それから、五人全員のグッズとかは早々と用意しておく。そして、開幕の一週間くらい前になったら、愛葉の消える魔球をいっきにマスコミに売り込む」

「では、オーナー。愛葉の消える魔球は、三月二十二日の東京ドームでのオープン戦で、メディア・デビューさせましょう」

三原監督はそう言い放つと、にやりと笑った。

「大リーグのマイナーズとの一戦です」

〈マイナーズ〉と聴いて、エポック博士と南の目が、たちまち鋭くなった。でも、当人たち以外には、誰もそれには気がつかなかった。筒見オーナーが、何度も頷きながら、満面笑顔で答えた。

「そいつはいい。イチローを消える魔球で三振させれば、えらい騒ぎになるぞ」

最後に、三原監督が五人のスケジュールをまとめた。

「では、エポック博士。第一クールの西武士ドームでのキャンプは、体作りですから、最愛と愛葉は別メニューにしましょう。第二クールからは、A班は高知の春野に移ります。ここでも最愛と愛葉は別メニューでけっこうです。そして、目黒は夜間の特訓を始めましょう。後半になったら、その夜間の特訓に三日に一日くらい、愛葉と南のバッテリーも付き合わせる。そこで消える魔球を投げ込んでください。もちろん、あくまでも最終的な目標は、三月二十八日の投影フライヤーズとの開幕戦です。でも、目黒を除く四人の選手は、三月二十二日のマイナーズとのデー・ゲームまでに、完璧な状態で戦えるように仕上げてください」

22

その夜は、エポック博士たちが泊まっているホテルまで、西球団代表が送ってくれた。そして、ツインの三部屋で、エポック博士をはじめ六人全員との契約が交わされた。

ただ、最愛と愛葉の契約書には、エポック博士が代理で、用意しておいた印を押した。

その内訳は、六人ともが一年契約で、しかも契約金はなしだった。年棒も六人ともが均一の一人六百五十万円という、日本プロ野球界の最低保障賃金で、博士以外は最高一億円の出来高払いとなった。

これらはすべて、エポック博士の強い要望だった。

また、西球団代表は、一週間以内に西武士ドームの近くに、六人が同じ屋根の下に住める、家かマンションを見つけると指切りをした。ただ三原監督から、キャンプ中とか、公式戦の遠征先とかでは、他の選手と同じホテルに泊まって欲しいと要望された。チーム・ワークを大切にしたいとの理由だった。エポック博士が懸念した医療器具に関しては、球団が責任を持って、各地のホテルの部屋に運び込むとの約束が交わされた。

エポック博士は、必要な医療器具をメモして、西球団代表に手渡した。

こうして、エポック博士と普通ではない五人の選手の、西武士ライオンズ入団と来日が決まった。

第二章

1

「さあ、初出撃だ」

エポック博士は両手をぽんと叩くと、右手で力拳を作った。エポック博士を含めて六人全員が、すでにライオンズのホーム・ゲーム用のユニフォームを着込んでいる。愛葉の覆面だって、今までのような悪役レスラーもどきの黒色ではない。染み一つない白色が中心で、六つの穴の周りがライオンズ・ブルーで採りされている。これはホーム・ゲーム用の覆面だ。ビジター用は、ライオンズ・ブルーが中心で、穴の周りが逆に白色で彩ってある。

「みんな、スタジアム・ジャンバーを着て行くのだぞ。サイパンと違って、日本の二月は寒いからな」

「はい」

目黒と猿田と南が、即座に返事を返した。愛葉が一瞬遅れて、うっと唸った。しかし、最愛の唇はいささかも動かなかった。エポック博士は自分のスタジアム・ジャンバーを手に取ると、早速袖に腕を通した。最愛以外の四人もすぐに同じ物を着込んだ。

「では、各自が自分の用具を持って、地下の駐車場に集合だ」

「はい」

「いいな、キャンプ中のエレベーターの使用は禁止だぞ」

猿田と南と目黒は笑顔のまま「はい」と返事をして、大きなスポーツ・バッグを肩に担いだ。そして、背中を向けると、ドアから廊下へと出て行った。

「うっ」

愛葉はまた遅れて返事をすると、左右に不自然に揺れながら、姿を消した。

エポック博士は最愛の背中に回ると、右腕からスタジアム・ジャンバーを着させて、スポーツ・バッグを首に掛けてやった。そして最愛の前に立つと、両手を差し出して、その手のひらを上に向けた。

「さあ、ゆっくりと立ってごらん」

エポック博士が、赤子に言うように、優しく語り

掛けた。ついで、両手を最愛に向かって伸ばしたまま、一歩二歩と後退りをする。すると、最愛は何一つ声を出さないまま、ゆっくりと立ち上がって、博士の両手を追った。

「そう、そう」

エポック博士は後退りを続けて、ドアを通り抜けると、廊下まで最愛を導いた。

「部屋の戸締りをして来る。先に行ってくれ」

エポック博士はそう言うと、背中を壁に寄せて、廊下の中央を空けてやった。最愛は左足の時は左手を、右足の時には右手を前に出して、おもちゃの兵隊のようにぎくしゃくと前に進んで行った。理由は不明だが、リティコ・ボディグの患者の多くは、フラットな道よりも、穴ぼこだらけの道とか階段とかの方が、上手く両足を順応させられる。

エポック博士はドアに鍵を掛けると、七階の廊下を走って、最愛を追った。最愛は背筋を真上にぴんと伸ばしたまま、自分の足元を確かめようともしないで、階段をずんずんと降りて行くのだった。彼の

両足の動きは、まるでフランケンシュタインがスキップでもしているようだった。ぎこちないけれど、それでいて危な気もなかった。

地下の駐車場に着くと、四人の選手はすでにワゴンに乗り込んでいた。エポック博士は最愛をクルマに押し込むと、運転席に回って、ハンドルを握った。

「全員、ちゃんと階段を使いました」

南が笑いを噛み殺しながら報告した。

「本当は、誰が破った」

「ぼく、です」

猿田が声を上げげた。

「でも、エレベーターは使っていません。階段の手すりを滑って降りました」

「なるほど。まあ、ぎりぎりセーフとするか」

「有難うございます！」

六人のマンションから西武士ドームまでは、クルマで十五分くらいの近距離だった。

2

九時半に、球場の三階にある「若獅子」というレストランに、ユニフォームを着用して集合との伝令だった。

まずは、全体ミーティングだ。

西球団代表が、スーツ姿で、選手の前に立った。

全体としては、ありきたりな励ましの言葉だった。でも、エポック博士の耳に残ったのは、次の一節だった。

「球団や監督への不満があれば、マスコミを使わずに直接言って来て欲しい」

やはり、去年の日本シリーズで、読捨ジャイアンツに一つも勝てずに敗れ去った戦績が、チーム内に大きなしこりを残しているのだろう。

このあとで、三原監督の挨拶があった。

「今年のキャンプでも、当り前のプレーを当り前にやれるように、がんばって練習して欲しい」

そして、全選手の顔を見渡してから、こう付け加えた。

「〈日本一へ突撃！〉これが今年の合言葉だ」

ついで、ふたたび西球団代表がマイクを握って、新入団選手の紹介を始めた。まずは、池永正明投手とかジャンボ尾崎投手とか、高卒の純粋な新人選手が紹介された。次に、他球団から移籍して来た選手が名前を読み上げられた。最後が、エポック博士たちだった。西球団代表が右手をまっすぐに伸ばして、その指先をエポック博士に向けた。

「この方はエポック博士。ドクター兼総合コーチとして、入団してもらいました。背番号は78番。その隣で、覆面を被っているのが、愛葉投手。背番号は12番。その隣が、南捕手。背番号は28番。その横が、最愛内野手。背番号は3番。ついで、目黒内野手。背番号は22番。最後は、猿田外野手。背番号は23番です。エポック博士を除いて、この五人の選手たちは、肉体的または精神的なハンディを抱えています。愛葉投手が覆面をしているのも、肉体的な問題からです。しかし、この五人の選手たちは、そのハンディを逆手に取って、素晴らしいプレーをします。きっと彼らのプレーで、数多くのファンが勇気づけられると思います。そして、この五人の選手たちは、みなさんと力を合わせて、ライオンズを日本一にするために、全員が日本国籍となって入団してくれました」

助監督のポンちゃんと選手会長のトヨとエースのサイちゃんが、大きな拍手をした。それにつられて、選手全員が大きな拍手をし始めた。エポック博士は、その言葉と拍手を聴いて、胸がいっぱいになった。西球団代表が、五人のハンディのことを初めに伝えてくれた。これは有難かった。また、ベテランのポンちゃんやトヨやサイちゃんが、すかさず手を叩いてくれた。これも忘れてはいけないと思った。

3

九時五十分になると、グランドに降りて、写真撮影が始まった。最初は全員の集合写真を撮った。第一クールは、一軍と二軍を分けていないので、六十数名の大所帯であった。ついで、順番に一人ずつ、立ち姿とイスに坐っている二枚の写真を撮影した。

エポック博士は最愛の撮影ときに、傍にくっついて、ずっと気を揉んでいた。最愛が口端から少しでも涎をたらすと、急いでタオルでぬぐってやった。

十時四十五分に、今度はグランドでのミーティングが始まった。

「第一クールは、下半身の強化を目標にする」

三原監督が最後にそう宣言をして、ウオーミング・アップが始まった。二十七歳以上がAグループ、二十七歳未満がBグループと分かれて、それぞれが走り始めた。最愛と愛葉がAグループで、猿田と南と目黒がBグループだった。

五人とも人工芝を踏みしめるのは初めてだった。最愛はどうやら人工芝が障害になるらしかった。障害になるから、かえって、ゆっくりならばみんなの後を走ることができた。

覆面を被った愛葉は、左右に体を大きく揺らしながら、ベテランの大下外野手兼助監督と並んで走っていた。愛葉へのチーム・メイトからの好奇な視線を、助監督のポンちゃんが隣でバリアを張ってくれているようにも見えた。

目黒と猿田と南は、Bグループで若手と一緒に、左右の膝を交互に胃の高さにまで上げる体操をした。ついで、ホーム・ベースからセンターまでをジグザグに全力で走った。このあとはBグループ全員の競争で、球場をフェンス伝いに五周回るのだった。一周が約四百メートルである。目黒と猿田の足は、人目を引くほど速く、目黒が一位で、猿田が二位になった。Bグループ全員がゴールすると、基二軍守備走塁コーチが着順を発表して檄を飛ばした。その声を聴きながら、目黒が前屈みになって、前の猿田に耳打ちした。

「猿田さんが奥の手を使ったら、誰もかなわないのにね」

「奥の手ではなくて、前の足だろう」

二人は体をぶつけ合って、小さな声で笑った。

十二時二十分からは、ピッチャーを除いて、Aグループがボールを腰の高さに置いて打つティー・バッティングで、Bグループは基礎的な守備練習に入った。

するとAグループの最愛が、見違えるような体の動きを見せた。バットを唸るような速度で振り回して、ボールが凹むほど強く叩くのだった。しかし、十五分もすると、最愛はベンチに下がって、そこの長イスで微動だにしなくなった。

Bグループは、基コーチが軽くノックするボールを捕球するだけだった。これは、腰を落として打球を捕る、が目標の基礎練習だった。しかし、目黒はトンネルを繰り返したり、自分の顔にボールをぶつけたりして、グラブさばきは素人以下だと印象付けた。

ピッチャーは全員が、隣の第三球場へ行って、肩ならしのキャッチ・ボールを行なった。愛葉はサイちゃんと組んで、遠投で山なりのボールを放り投げた。

4

その夜、西武士ドームからクルマで十五分のマンションで、六人は夕食のテーブルを囲んだ。眼下のご馳走は、通いの家政婦さんが作ってくれた手造りの家庭料理だ。

「さて、食べながらでいいが、明日のリハビリに向けて、なにか言いたいことがあるかい」

エポック博士が、五人の顔を見回した。

「きょうの後悔や反省なんてものは、口にしなくていいよ」

そんなものを口にする暇があったら、明日の小さな楽しみを考えよう。この方がよっぽど有益だろ。博士はそう付け加えた。

「明日は、サングラスをもう少し濃い色にしてみます」

目黒が口元に微笑みを浮かべながら言った。

「まじめすぎる。反省臭いぞ」

猿田が笑いながらとがめた。

「申し訳ない。でも、西武士ドームって、思っていたよりも、ずっと光が強いのです」

「そうか。西武士ドームは完全な屋内球場ではないからな。でも、きょうのようにエラーの連発でもあせるなよ」

エポック博士が穏やかな口調で慰めた。

このとき、最愛がいきなり多動動作に入った。彼は目の前の皿を手に取ると、皿の端に口をつけて、フォークで自分の口中に掻き込んだ。そして、口をもぐもぐと動かしながら、聴き取り辛い発音で、みんなに謝った。

「悪い。取り皿に移す時間も惜しいのだ」

「わかっています」

「誰も気にしませんよ」

目黒と猿田が応じた。エポック博士も最愛に笑い掛けた。

「きょうは、体の動きがよかったじゃないか」

「ええ」

最愛は次の皿に手を伸ばしながら答えた。

「人工芝って、爪先に微妙に引っ掛かるのです。少しもフラットという感じがしない。だから、ぼくには動きやすい」

「よかったな」

エポック博士が微笑んで、最愛から目を外すと、南の視線とぶつかった。南が呟いた。

「明日も野球、いやリハビリができる」

「そうさ」

エポック博士が笑いながら応えた。すると、南も珍しく笑顔になった。

「毎日リハビリができるなんて、生きていて、本当によかった」

5

二日目は、十時五十分のグランド内でのミーティングから始まった。新入団の新人や二年目の選手は、それよりも前に球場入りをして、裏方さんの準備を手伝わねばならなかった。しかし、この五人は移籍選手扱いで、十時半に来ればいいとの伝言だった。

ただ、この日は、ちょっとした異変が起きた。セカンドを守る河野が、腰を痛めて、キャンプから離脱したのだ。去年セカンドのレギュラーを取った仰木は、元より手首を故障して出遅れていた。そこで、真弓一軍守備走塁コーチの視線が、目黒に集中した。

「動きが緩慢な奴だな」

真弓コーチは首を捻った。

「きのうほど、ひどくはないけれど」

「レギュラーには、ちょっと遠いですね」

隣に立っていた、基二軍守備走塁コーチも、そう呟いた。

「ライトに回した滝内を、セカンドに戻すか」

「ええ。おやじさんに進言してみましょう」

二人は揃って、三原監督の前に出向いた。三原監督は二人のコーチの報告と進言を聴いても、ただひたすら微笑んでいた。

「うん。いいんじゃない」

「おやじさん。本当に、滝内をセカンドの守備練習に戻らせて、いいのですね」

「ああ。それと、竹之内にも、セカンドの守備練習をやらせよう」

「えっ、タケにも、ですか」

二人のコーチは、互いの顔を見合わせた。タケはサードで入団したが、バッティングに非凡な才能があり、ファーストにコンバートしていたのだった。

「うん。竹之内は、気分転換だ」

「はあ」

二人のコーチは、また互いの顔を見合わせた。タケが得意のバッティングで、逆に悩んでいるのは知っていた。タケは見た目と違って神経質で、自分のバッティング・フォームをいじくり回す悪癖があった。とはいえ、セカンドの守備は、気分転換でこなせるほど甘くはない。

「おやじさんだって、セカンド出身なのになあ」

監督から離れて行きながら、二人の守備走塁コーチは首を傾げた。とりわけ、同じセカンド出身の基コーチは、騙された気分で、真弓コーチに囁いた。

「きっと仰木の怪我が、たいした程度ではないのだよ」

真弓コーチも頷きながら、囁き返した。

「河野の腰も、開幕には間に合うのでしょうね」

「うん。そうじゃないと、おやじさんの受け答えに、余裕がありすぎだよな」

午後は、初日と同じで、二十七歳以上をAグループ、未満をBグループと分けた。Bグループは下半身強化のために走り込みを、Aグループはキャッチ・ボールのあと、バッターはティー・バッティングを始め、ピッチャーは室内のブルペンに入った。

6

三日目には、第二クールからの、一軍メンバーが発表された。七日から、一軍メンバーは、高知県の春野でキャンプを行なう。エポック隊（異色の六人をまとめて、こう呼ぶようになった）は、全員が春野キャンプに参加となった。

また、この日から、東尾臨時ピッチング・コーチが加わった。東尾コーチは、愛葉の投球フォームを一目見て、松沼（兄）一軍ピッチング・コーチに呟いた。

「兄やん。この男、投げる直前に、体がぐらりと傾くだろう」

「ええ。肉体的な問題で、直せないようです」

「いや、直す必要なんて、これっぽっちもないよ。ぐらりとしても、右腕と頭の軸が、少しもぶれない。きっと見た目と違って、制球力が抜群だぞ」

「ふむ。確かに、おやじさんは、安部とダブル・ストッパーで使うと言っているのですがね」

兄やんは、両腕を胸の高さで組んで、首を捻った。隣に立っていた、松沼（弟）二軍ピッチング・コーチが、兄やんの替わりに付け足した。

「直球が一二〇キロ台ですからねえ。どうも、我々には、よく解らないのですよ」

「そうか。おれの速球よりも遅いのか」

東尾臨時ピッチング・コーチが苦笑いをした。

「じゃあ、デッド・ボールの使い方でも教えるか」

7

四日目は、東尾臨時コーチの前で、投内連係の練習が始まった。愛葉は運動神経が桁外れによかった。左右の足の長さが違うハンディ・キャップもなんのその、右に左に小回りが利いて、バンド処理もほかの投手よりも上手いくらいだった。

「愛葉はマウンドから動けないのでは」

松沼兄弟コーチのこんな心配も杞憂に終わった。

ただ目黒は、初日に戻ったような、ラフ・プレーが目立った。やや複雑なWプレー狙いの投内連係では、セカンド・ベースへの入り方が悪いのか、バンド処理をしたピッチャーからのボールを、ポロリ、ポロリとなんども落とした。

「この野郎、ピッチャーを潰す気か」

そのたびに、東尾臨時コーチの怒声が、ホーム・ベースの後ろから響いた。

その夜、夕食のときに、猿田からエポック博士に直訴があった。

「明日は第一クールの最後の日ですから、目黒のために、夜間練習を行ないませんか」

「いや、春野までとっておこう」

「でも、このままじゃ、目黒がかわいそうですよ」

しかし、エポック博士は、首を横に振った。

「ここは、寒い。むりはしない」

「でも」

「目黒」

エポック博士は、猿田から視線を外すと、目黒の顔を見据えた。

「きみの力は、オヤジさんもポンちゃんもトヨも、そしてエースのサイちゃんも知っている。確かに、選手の中には、きみの今の守備について、西球団代表に直訴する者もいると聴く。あの下手くそな目黒が、春野に行けて、なんでおれが行けないのだ、ってな。でも、そのたびに、西さんはきみの目の事情をちゃんと説明して、そういった選手からも理解を得てくれている。目黒、春野まで、我慢してくれ。春野では夜間練習を毎晩のように行なうから」

目黒は無言で頷いた。でも、さっきからフォークを動かしていなかった。エポック博士はその姿を見ると、みんなを見回しながら、明るい大きな声で言い放った。

「以前、筒見オーナーが述べていたように、三月の六日に、福岡ドームで、ナイターのオープン戦が組まれている。そのときが目黒の華麗なるデビュー戦だ」

しかし、エポック博士は、心の中では別の言葉を呟いていた。

「目黒。あと一ヶ月だ、耐えてくれ」

8

夕食が終わって、エポック博士はキッチンで皿を洗っていた。エポック博士が、その日の皿洗いの当番だったのだ。

「博士、エポック博士」

猿田が大声を張り上げながら、キッチンへすっ飛んで来た。

「部屋の中で、大声を出しなさんな」


「早くテレビを観てください」

猿田はそう叫ぶと、博士の袖口を掴んで、リビング・ルームまでむりやり引っ張って行った。

「おいおい、まだ手も拭いていないよ」

「ほら、これ」

猿田がテレビの画面を指差した。エポック博士がその画面に目をやると、読捨ジャイアンツの水原監督が、インタビューに受け答えをしていた。

「ええ。四番は、長嶋で行きます。三番は張本、五番は実績からも川上、これでクリーン・アップは決まりです」

水原監督は眉間に縦皺を寄せながら、ワンちゃんが抜けた穴の埋め方を淡々と語っていた。

「不安はないですか」

アナウンサーが不躾な質問を口にした。

「残った者で、がんばるだけです」

「長嶋選手も、同様の内容を発言していました」

「ええ。出て行った選手を惜しんでいたって、勝てませんから」

エポック博士は、背中に悪寒が走った。水原監督のやり場のない空しさが、手に取るようにわかった。

「そうですね。では、監督からヤンキースの王選手に、なにか一言を」

「ワンちゃん。フラミンゴ打法で、世界の王になってください」

9

エポック博士は胸が熱くなって、居ても立ってもいられなくなった。受話器を握り締めると、筒見オーナーに電話を繋いだ。

「筒見さん。ライオンズは、今年も必ずリーグ制覇します。そして、日本シリーズでは、読捨ジャイアンツに去年の借りを返すために、四勝無敗で勝ってみせます。でも、ワンちゃんがヤンキースに抜けた今、これだけでは満足できません。どうか、一年でも早く、日米で真のワールド・シリーズが開催できるように、オーナー会議で働きかけてください」

10

五日目も、エポック隊に怪我人はなく、無事に終わった。しかし、エポック博士だけは、朝から夜遅くまで両眉を寄せて、なにかをしきりに考え込んでいた。

翌日は休暇日だった。だけど、一軍メンバーは高知への移動日に当てられていた。野球道具や大きな荷物は球団が配送してくれるので、監督やコーチや選手たちは身一つで、羽田空港に集合した。

エポック隊も全員が、チームお揃いの、濃いグレーのお仕着せのスーツに身を包んで、空港のＶＩＰルームに現れた。また、エポック隊に限っては、シャツとネクタイもお揃いだった。シャツはスーツよりも薄い色のグレーで、ネクタイはやはりグレーを基調にしたニット・タイを締めていた。

「服装に気を遣うのは、煩わしいっすよ」

猿田がこう言い出したのだった。

「エポック隊は、同じシャツ、同じネクタイで、行きましょうよ」

エポック博士は、すぐに猿田の言外の意図を察した。猿田は、マスクンの目黒を気遣ったのだ。それも、こんな言い方で、密かに。

「そうさな。エポック隊たる者、中身で勝負だからな」

エポック博士は退役軍人の自慢話のような口調で賛成をして、猿田に片目をつむってみせた。

「愛葉の覆面も、濃いグレーに替えるといいな」

エポック博士は前言と矛盾するような言葉を平気で吐いて、それからお洒落すぎるかなと自分を笑った。

しかし、エポック博士は、機内ではほとんど口をきかなかった。

「あっ、富士山だ。雪を被っているぞ」

「ほんとだ。雪って、眩しいっすねえ」

猿田や目黒が騒いでも、エポック博士は窓外に顔を向けなかった。

「日本プロ野球界の構造改革、これしかないな」

エポック博士の頭が一日かけての結論だった。そして、これを可能にするには、エポック隊が大旋風を巻き起こして、やはり読捨ジャイアンツを圧倒的に破らなければ……。それも、野球の力だけではなくて、集客数でも。

11

七日目は、朝の九時半に、ライオンズ・ナイン全員で若宮八幡宮に参拝して、今年一年の無事息災と日本一を祈願した。ただ猿田と最愛とビュフォードとアルーは、宗旨が違うと言って、専用バスの車内に残った。

九時五十五分に、その専用バスが、春野球場に到着した。まず、古池パ・リーグ会長から、ライオンズ・ナイン全員に挨拶があった。

「今年は、西武士球団が誕生して、七十周年目です。この記念すべき年に、是非日本一になってください」

春野はさすがに暖かかった。十四度もあったので、選手たちは少し体を動かすと、もう汗をかいた。おかげで、午前中から、主力ピッチャーも全員がブルペンに入って、キャッチャーを坐らせて投げ込む初日となった。

エポック博士も、愛葉にくっついてブルペンに行った。すると、そこでは審判員がキャッチャーの後ろに控えていて、判定の試行をしていた。古池パ・リーグ会長が、なんと八人もの審判員を引き連れて来ていたのだった。

「よし、今晩見てもらおう」

エポック博士は決意すると、監督の意を受けた三原監督にその旨を伝えた。そして、パ・リーグ会長の携帯電話の留守電に、西球団代表が、古池パ・リーグ会長の携帯電話の留守電に、〈ライオンズからのお願い〉を吹き込んだ。

「会長に、どうしても見て戴きたい、面白いピッチャーがいるのです。マスコミには当分秘密裏ですので、今晩こっそりとお見せします。審判員の方々も、是非一緒にご覧になるようにお伝えださい」

12

古池パ・リーグ会長と八人の審判員が、専用バスでホテルを出たのは、夜の九時を回っていた。ライオンズ担当記者で、この隠密行動に気づいた者は、一人も居なかった。というのも、西球団代表が記者たちを集めて、「中西・豊田・稲尾との夕食会」を開いたからだった。

専用バスは春野運動公園の室内練習場の脇に停まった。会長と審判員たちがバスから降りると、グレーのスーツ姿の三原監督が笑顔で出迎えた。

「どうぞ、こちらへ」

三原監督が室内練習場のドアを開けて、九人を屋内に導くと、中から鍵を締めてしまった。屋内では、エポック隊のバッテリーとエラーの多い内野手が、エポック博士の指示で体を動かしていた。

「準備はいいね」

三原監督が、エポック博士に確かめた。

「ええ」

エポック博士は、三原監督に笑顔を返した。

「会長、審判員のみなさん。今からこのピッチャーの投げる球をジャッジしてください」

「どういうことかね」

古池パ・リーグ会長が、不機嫌そうな声を出した。しかし、三原監督の耳には届かなかった。

「そうだ。会長にはバッター・ボックスに立って戴きましょう。ビデオも撮りますから、それが今録画したビデオだと判るように」

三原監督はバットの太い方の端を握って、細いグリップの方を会長に差し出した。この手渡し方は、エポック隊がキャンプで流行らせたのだった。

「審判員のみなさんは、キャッチャーの後ろの、いつもの位置に、各自ボールが見えるようにお並びください。では、ジャッジをお願いしますよ」

三原監督は九人のお客を強引に仕切ると、会長とキャッチャーに真横からビデオカメラを向けて、エポック博士に片目をつむってみせた。エポック博士が、覆面したピッチャーに向かって、右手を上げた。

「プレー・ボール」


愛葉はキャッチャーのサインを覗き込み、二度頷くと、両手を大きく振りかぶった。左足を上げて、ふたたび左足が着地したときに、上体がぐらりと一塁側に傾いた。しかし、右腕はしっかりと振られて、愛葉の指先からボールが飛び出して行った。

変哲のないボールだ。九人の誰もがそう思った。こんなボールを見せるために、わざわざアフター・ファイブに呼んだのか。

しかし、次の瞬間、九人の口からは、同時に悲鳴が洩れた。

「あっ」

「うわっ」

「ひぇい」

そして、九人とも口を半開きにしたまま、その場に凍り付いてしまった。

「いかがですか」

三原監督が微笑みながら訊いた。しかし、誰も答えようとはしなかった。

「どうぞ、ジャッジを」

「ジャッジ、たって」

キャッチャーの真後ろで中央に立っていた古株の審判員が、消え入るような声を絞り出した。

「だって」

別の審判員が場違いな甲高い声を発して、あとはごくんと喉を鳴らした。

「ボールが、消えた」

最後の一句は、会長がバッター・ボックスでうめいた。

13

「ボールは消えていません」

三原監督は九人の顔を見回して、それから強い口調で付け足した。

「いいですか、ビデオを観てください」

九人のお客は無言で、三原監督の周りに集まった。

三原監督はビデオカメラの液晶画面を見せると、まず今のシーンを逆送りして見せた。

「ほら、ボールが消えている」

ベテランの審判員が叫んだ。

「まあ、待ってください」

三原監督は画面の右端から白い球体が現れる個所まで巻き戻すと、スローで再生した。

「ほら、消えた」

会長が液晶画面を覗き込みながら、大声を出した。

その瞬間に、三原監督の指が動いた。

「静止画像です」

「あっ」

画面を止めると、消えたはずのボールが、どろんとした形で写っていた。

「ポーチド・エッグの白身のようでしょう」

エポック博士が笑いながら言った。でも、笑ってくれたのは、三原監督だけだった。

「コマ送りをしますよ」

三原監督が九人のお客の顔を眺めた。九人ともビデオカメラの液晶画面に目が釘付けになっている。

三原監督はふふっと声を出して笑うと、指を動かし始めた。

「どうです」

白いボールは、液晶画面の中で、雨雲レーダーがとらえた台風の目のように、回転しながら移動していた。

「消えたのではなくて、バッターの手元で急に速くなったために、みなさんの目が見逃したのです」

「でも、消える」

古株の審判員が唸るように呟いた。

「これでは、ジャッジできない」

別の古株の審判員も吐き捨てるように答えた。

三原監督が目黒を呼んで、古池会長の替わりに、右のバッター・ボックスに立たせた。

「目黒、打ってみろ」

「この選手は、夜間の動態視力が抜群です。見ていてください」

三原監督は愛葉に向かって、プレー・ボールと合図を送った。愛葉がキャッチャーのサインを覗き込んで、二度頷いた。振りかぶって、上体をぐらりと左に傾けながら、右腕をしならせた。


「消えた」

誰かが声を上げたと同時に、目黒のバットが送り出され、カーンと乾いた音が室内練習場に響き渡った。打球は弾丸ライナーとなって、レフト方向にすっ飛んで行った。

目黒がにやりと笑った。キャンプに入って、野球では始めての笑顔だ。ところが、愛葉がうう、うう、と唸った。それを聴くと、キャッチャーの南が立ち上がって、監督の顔を見た。

「もう一球、投げたいと言っています」

「投げてくれ」

監督が答える前に、古池会長が叫んだ。南が突っ立ったまま、もう一度監督に訊いた。

「どうします」

「よし、あと一球だけ」

南は頷くと、再び蹲踞の姿勢をとった。目黒がにこにこしながら、今度は左バッター・ボックスに立った。三原監督はビデオカメラをいったん下に向けると、反対側に移動して、ふたたび被写体に狙いを定めた。

「プレー・ボール」

三原監督の合図で、愛葉がみたびボールを投げた。ボールは、今度も目黒の手元で、すっと消えた。しかし、左バッター・ボックスの目黒は、またまたバットの真芯で捉えた。カーンと乾いた音が響いて、打球はライト方向へライナーですっ飛んで行った。

「ううっ、ううっ」

愛葉は右手で拳を作って、それを頭上に振り上げると、ちゃちな左足で地面を蹴った。

「ごくろう。今夜はこれで上がりだ」

三原監督が大声で告げた。エポック博士が、すぐに愛葉の元に駆け寄った。三原監督はそれを見て頷くと、ホーム・ベースに近づいて行った。

「きみたちも上がりだ。お疲れさま」

三原監督は、目黒と南に声を掛けた。

「はい」

二人は大きな声で返事をすると、エポック博士や愛葉の方へ走り寄った。

14

「さて、ジャッジですが」

三原監督が、ホーム・ベースの近くに居た九人のお客の顔を見回した。そして、強い口調でこう言い切った。

「ボールは消えていません。ご覧のとおり、あのバッターはちゃんと打ちましたよ」

「でも、我々の視力では、ご覧のとおりではない。見えない」

古株の審判員が低い声で答えた。そして、もう一度最後の語句をうめくように付け足した。

「見えないものは、見えない」

「変ですねえ。キャッチャーだって、見えているからこそ、捕球できるのですよ」

三原監督は、小さな嘘をついて、八人の審判員を追い詰めた。

「そうは言われても」

「では、どう判定するのですか」

三原監督が詰問するように鋭く言い放った。九人のお客は、みんな口を結んだ。しばらくして、若い審判員が周りの表情を窺いながら、おずおずと言い出した。

「推定するしかないっすよね」

「推定、だと」

古株の審判員が恐い声を出した。別の古株の審判員も、ふたたび吐き捨てるように付け足した。

「高校の古典の授業じゃあるまいし、なにが推定だ」

「いや、その古典の文法がヒントなのです。推量ではなくて、推定。推し量って、定める。つまり、根拠のある推量、という奴です」

「青臭い理屈を言うなよ」

古株の審判員が怒鳴り声を上げた。

「いや、待て。きみ、解りやすく、説明してくれ」

古池パ・リーグ会長が、若い審判員に助け舟を出した。

「はい。アンパイアの頭の中で、ボールが消えた点とキャッチャーが捕球した点を直線で結ぶのです。その推定されたボールの軌道が、ストライク・ゾーンを通過したかどうかをジャッジするわけです」

「そんなの、バッターが納得せんぞ」

「バッターだけじゃない。ストライクと宣言したら最後、相手チームの監督から、おまえの目には見えたのかって、詰め寄られるぞ」

「ふーむ」

古池パ・リーグ会長は、胸のあたりで両腕を組んで、頭を捻った。古株の審判員が、会長の顔を見ながら呟いた。

「ボールと判定したら、今度は三原監督から、おまえの目には見えたのか、と同じセリフで突っ込まれる」

「いや、私ならば、そうは言わない。おまえの目には見えないのか、自分の視力で見えないからボールだなんて、眼鏡が買えない近視のアンパイアと同じだ、辞めちまえ、と言います」

三原監督が笑顔で訂正を入れた。

「そうだ」

会長は右の拳で左の手のひらを打った。

「おれの目には、見えた、と答えろ」

「はあ」

八人の審判員は、口を半ば開けて、会長の顔を見つめた。

「さっき、きみが提案したとおりだ」

会長は若い審判員を指差して、それから言葉を続けた。

「アンパイアは、各自の頭の中で、素早く点と点を結ぶのだ。そして、ストライクだ、ボールだ、とジャッジする。クレームがついたら、この目でちゃんと見た、と胸を張って答えればいい」

「審判員たる者、嘘なんかつけません」

古株の審判員が、会長に食い下がった。

「ばっかもん」

たちまち、会長の大きな怒声が、室内練習場の天井にまで響き渡った。

「このボールが見えない審判員は、眼鏡が買えない近視の審判員だ。リーグとして、即刻クビにするぞ」

「ひえぃ」

八人の審判員は縮み上がって、背筋をぴんと伸ばした。会長はそれを見て、にやりと笑うと、急に猫撫で声になってぶつぶつと呟いた。

「いいかい、この消える魔球は、パ・リーグの宝だぞ。長年、日本プロ野球界は、人気のセ、実力のパ、と言われてきた。しかし、FA制度ができてからは、パ・リーグの有能な看板選手が、どんどんセ・リーグや大リーグに流出してしまっている。今や、人気も、実力も、セ・リーグが上ではないか。これが形として現れた結果が、去年の日本シリーズだ。パ・リーグで九十勝もした強豪チームが、セ・リーグの覇者に一勝もできなかった。我がパ・リーグは、セ・リーグの二軍か。このパ・リーグとしての屈辱をいっきに晴らして、人気も、実力も、我がパ・リーグが上と言わせるための、これは文字通りの隠し球だ」

「隠し球か、うまい。会長に座布団一枚！」

三原監督は、会長の呟きを聴いて、思わずにやりと笑った。

15

その夜、愛葉は同室の猿田に向かって、ううっ、ううっ、と唸りながら、左右の拳をなんども上下させた。

「目黒に打たれたからですか」

猿田が微笑みながら訊くと、愛葉は小さく頷いて、それから涙を流した。

「先輩、涙は無しっすよ。目黒は仲間じゃないですか」

「ううっ」

愛葉は首を横に振った。

「仲間なのに、それでも悔しいのですか」

「うっ」

愛葉は大きく頷いた。猿田はそれを見て、苦笑いをした。


「ほんと、先輩はピッチャーですよね。声楽家の多くとおんなじで自分しか見えない」

「うっ」

「でも、やっぱり、ジコチューはだめですよ」

「ううっ」

愛葉は小刻みに首を横に振った。

「ううっ、じゃないっすよ。目黒は極端な自信喪失に陥っていたのですよ。先輩もエポック隊の仲間なら、目黒にわざと打たせたっていいくらいじゃないですか」

「ううっ、ううっ」

愛葉は盛んに首を横に振って、猿田になにかを訴えようとした。

「わざとでは、かえって失礼だ、ですか」

「うっ」

愛葉はゆっくりと頷いた。猿田は首を捻りながら呟いた。

「確かに、そう競い合って、ぼくたちは延びて来たのだけれど」

16

一方の目黒も、同室の最愛に話し掛けていた。

「やっと、監督の前で、いいところが見せられましたよ」

最愛はベッドの端に腰掛けて、無動状態だった。でも、目黒の明るい声を聴くと、唇の両端を微かに広げたように見えた。

「愛葉さんったら、わざと甘いコースに投げてくれるのだもの」

17

エポック博士は、南と同室だった。南はテレビの前に坐り込んで、ブルーレイ・ディスクを次から次へと取り替えながら、難解ホークスの打線を入念に調べ上げていた。エポック博士は、その南に顔を向けて声を掛けた。

「きみが細工をしたのだろう」

「はっ？」

南は目を大きく開けて、エポック博士を振り向いた。

「今晩の、愛葉と目黒の対決さ」

「あっ、いえ」

南は言葉に詰まって、顔を紅潮させた。

「なにをどう仕組んだのだい」

「いや、あの、その、やっぱり博士の目は、騙せませんね」

南は頭を掻いて、苦笑いをした。

「言ってごらんよ」

「いや、まあ」

「いいから」

エポック博士は少し強い口調になって、南に吐露を促した。南はエポック博士の目からいったん視線をそらすと、ふたたび博士の目を見つめて、やっと重い口を開いた。

「愛葉さんは、ちゃんとサインどおりに投げました」

「では、きみが目黒の最も得意なコースへ投げさせたのか」

「いいえ――」

また、南は言いよどんだ。エポック博士が左右の手のひらを上に向けると、それを少し上方に上げて、さあと話の先を促した。南はこくりと頷いて、意を決したように語り出した。

「じつは、初球は、目黒の二番目に得意なコースでした。目黒に自信を回復させるためには、最も得意なコースでは打って当り前で、だめだと思ったのです。これは上手く行きました。で、二球目は、愛葉さんがくやしがっている様子でしたから、目黒の一番苦手なコースにサインを出したのです」

「そのボールも、目黒がものの見事に打ち返してしまったというわけか」

「ええ」

「それで、愛葉が荒れたのか」

エポック博士は、あごを横に振った。

「ぼくのせいです。ぼくはちゃんと観察していたのです。打席に入る前の目黒のスイングを。それなのに、彼が絶好調だとは、のんきにも気がつきませんでした」

「ふむ」

エポック博士は、それがきみのキャッチャーとしての限界なのだと、胸の中で呟いた。でも、さすがにこれは今口には出さなかった。

エポック博士は深呼吸をして、それからおもむろに口を開いた。

「守備で要のキャッチャーが、自信喪失では困りものだよ」

「大丈夫です。自分自身の弱点も、データで掴んでいます」

「そうか」

エポック博士は、南の冷静さに改めてびっくりした。

「では、その対策も、自分で練っているのかな」

「ええ。実戦でしたら、後半のヤマ場に来る前に、そのバッターと何打席かは対決しています。そのバッターの前日までのデータと、その日のデータを比較すれば、調子が一目瞭然で判ります。絶好調だったら、後半のヤマ場では原則的には歩かせます。ただそういうヤマ場で、ピンチ・ヒッターが出て来たときが問題なのです。もしそのピンチ・ヒッターが絶好調だったとしても、ぼくは彼のスイングを見ただけでは、どうにも見抜けません。こんなケースに遭遇したときの基本的な対策も、ぼく自身にはなにもありません。ここまで、無策ですから、この種のピンチにはベンチの指示を仰ぎます」

「うん。それがよかろう」

エポック博士は、なんども頷いた。南は自らを閉じている。その南が、三原監督という個人名ではなくても、たとえベンチという言い方でも、他者と積極的に関係を結ぼうとしている。南の心の中では、野球を使ってのリハビリが、また一段と効果を上げているのだろう。

エポック博士と南は、互いの顔を見て、静かに微笑み合った。

18

「ところで、南。今シーズンの読捨ジャイアンツは、ワンちゃんが抜けただろ。データ的にはどうかな」

エポック博士は、一番気になっている事柄を口にした。

「ええ。データ的には、なんら問題はありません。王選手の代わりに、張本選手が入団しましたので。張本選手は盗塁する足もありますから。むしろ、ライバルの犯神の方が問題ですね。小山投手をトレードで放出して、換わりにシュート打ちの名人の山内外野手を獲りましたが、ローテーションの穴はどうでしょう。他のピッチャーの負荷になるだけでは」

「うん。じゃあ、セ・リーグは、やはり読捨の天下かな」

「わかりません」

「忠日や太陽も、手強そうか」

「わかりません。新人の力や、急に伸びた選手の力は計算ができません」

「うん」

エポック博士は、元気なく空返事をした。

「エポック博士」

南が珍しく自分から話し掛けてきた。それも、強い口調だった。エポック博士はえっと思って、南の顔を見つめた。南は無表情だった。無表情だったが、しゃべり方に怒気を含んでいた。

「エポック博士。我々は日本シリーズで読捨ジャイアンツを撃破するだけの目的で、ライオンズに入団したのですか」

「うっ」

エポック博士は、愛葉のような声を漏らした。

「どうなのです」

南は容赦なく突っ込んで来た。エポック博士は、答えに窮した。確かに、エポック隊の本来の目的は、もっと遠くて高い所に設定している。

「違うと思う」

「それを聴いて、ほっとしました」

「うん」

エポック博士は、力なく笑った。オーナー会議で、日米ワールド・シリーズについて議論が交わされたとは、まだ聞かされていない。

南がふたたび厳しい語調で言い放った。

「どうして、初めから大リーグに行かなかったのですか」

「エポック隊は、アジア人が中心だからさ」

「どういうことでしょうか」

南は首を斜めに傾けた。

「エポック隊が、初めから大リーグに行ってみろ。そこで活躍したら、それは世界中で大リーグの一人勝ちを助長するだけだろ」

19

翌日の第二クールの二日目は、残念ながら冷たい雨だった。しかし、雨以上の予期せぬ不運が、西武士ライオンズの監督・コーチ陣に襲いかかった。リリーフ・エースの安部が、右足のふくらはぎに違和感を覚えたと訴え出たのだ。早速、安部は練習を別メニューに切り替えたが、開幕に間に合うかは微妙となった。安部は昨年、一昨年とクローザーとして、フルに活躍をしたので、肉体的な疲労が積み重なっていたのだろう。

しかし、三原監督は落ち着いていた。昨夜、パ・リーグ会長の一言もあって、愛葉の消える魔球が審判陣には見えるという結論になった。監督はその決定のシーンを思い出すたびに、腹の底からくっくっと笑えて来るのだった。

監督は、外野手兼助監督のポンちゃんと兄やんピッチング・コーチを呼び寄せて、厳かに言い渡した。

「オープン戦は、安部の替わりに、愛葉を使う。安部が開幕に間に合わなければ、安部が出て来るまで、公式戦でもずっと愛葉一人をクローザーに使う」

「わかりました」

「では、清投手は今年もセット・アップでホールド狙いですね」

兄やんピッチング・コーチが確認を入れた。


「そういうことだ」

「でも、おやじさん。愛葉は確かに制球力がありますが、あのスピードですよ。本当に大丈夫なのですか」

兄やんは鼻の下の髭をぴくぴくさせて、三原監督に詰め寄った。監督は一瞬なにを言われたのか見当がつかなかった。両眉を吊り上げて、兄やんの顔を覗き返した。助監督のポンちゃんが笑いながら、監督に助言をした。

「おやじさん。兄やんは、あれを知らないのですよ」

「あっ、そうか。いけねえ」

三原監督も吹き出した。

「兄やん、悪かった。身内に話すのを、すっかり忘れていた」

「なんの話です」

兄やんは、怪訝そうに訊いた。

「今晩、全コーチに、愛葉を始めエポック隊の秘密を明かそう。ぼくの部屋に、八時に全員集合だ」

20

第二クールの三日目になって、野手陣はスパイクを履いた。四日目と五日目は、投内連係に重点を置いて、その練習を繰り返した。とりわけ、新入団のエポック隊は、最愛を除いて、サイン・プレーの確認のために、他の選手の三倍は絞られた。しかし、目黒がぽろぽろやっても、どのコーチもなにも言わなかった。監督から、話を聴いた結果だと思われた。しかし、トヨとサイちゃん以外の選手たちの耳には、未だになにも知らされていなかった。

「ついに、目黒は沈没だね」

「うん。コーチ陣が、もう叱りもしないものな」

多くの選手たちが、エポック隊の居ない場所で、そう囁き合っていた。

21

第三クールに入ると、一日目からラン・ダウン・プレーの練習が始まった。外野手はこれには主にランナーとして参加した。

ついで、真弓コーチが外野手を集めて、後方に下がりながらフライを捕球する練習を開始した。始めの五歩は振り返ってはいけないという約束で、四歩進んだところで、真弓コーチから外野手の背中に山なりのボールが投げられるのだ。外野手は振り返りざまに、ボールの位置を読み取って、即刻そこにグラブを差し出さなければならない。

最初のうちは、一人を除外して、誰もが捕球できなかった。右側から振り向いたのにボールが左側に飛んで来たり、その反対だったりして、一回転して転ぶ者が続出した。

その中で、唯一の例外は、猿田だった。彼は五歩背走すると、なお走り続けながら振り返って、どこにボールが飛んで来ていてもぱっとグラブに収めた。

しかし、一時間もすると、さすがにほとんどの外野手が習得して、軽くこなせるようになった。

また午後からは、一軍の三人のピッチャーが、交代でバッティング・ピッチャーを務めた。エースのサイちゃんも、この日はブルペンでキャッチャーの南を坐らせて、三六五球の投げ込みを行なった。

二日目は、前日のメニューと大方同じ内容だった。真弓コーチが行なう外野手の特訓練習は、レベル・アップして、七歩走ってから振り向く約束に変わった。

バッティング・ピッチャーには、ベテランでサウスポーの畑を始め、四人のピッチャーがマウンドに上がった。

また、この日は、星野仙一が解説者として、キャンプを訪れた。星野は忠日ドラゴンズや犯神タイガースで、優勝監督の経験がある。また星野はピッチャー上がりなので、まずブルペンへ入ったが、そこで愛葉の投球をじっと見据えた。

「兄やん。このピッチャーは、十五勝は確実だ」

「そうですかね。でも、直球だって、一三〇キロがやっとですよ」

松沼（兄）ピッチング・コーチは、とぼけた。いくら元監督でも、今はマスコミ陣の一人だ。愛葉については、西球団代表と三原監督から、厳しい緘口令がひかれている。

「一三〇キロ台の遅い球だから、いいのだ。バッターの手元で、いきなり早くなって、五センチほど変化している」

「そうですかねえ」

兄やんは頭を傾げながら、背中に冷や汗をかいた。

「さすがに、制球力だけで、二百勝もした星野さんだ。バッターの手元で五センチの変化はもちろん、球速が増すことすら見抜いている」

しかし、兄やんはこの胸のうちをおくびにも出さないで、別の言葉を口にした。

「はたして一軍で使えますかねえ。良くて中継ぎ、まあ敗戦処理かなあ」

「とんでもない。抑えの切り札だよ。この五センチ落ちる球は、簡単に内野ゴロを打たせて、好きなときにダブル・プレーが取れる。しかも、ボールを正確に捉える三割打者ほど、逆に打ち損なうぞ」

「そうだといいのですが」

兄やんは、そう答えながら、早く話題を変えなければとあせった。

22

第三クールの三日目も、星野が顔を出した。兄やんは愛葉に関するトップ・シークレットに、星野が感ずかないかと気がきではなかった。

「行かないまっすぐですね」

「なんだい、それは」

誰かと星野の声が聞こえて来た。兄やんはどきっとして、声のする方に顔を向けた。

「遅くて、その代わり微妙に変化するまっすぐです。これを今年のキャンプ中にマスターしたいのです」

サウスポーの二番手の井上（善）が、星野に笑顔で答えていた。

「ばかたれが」

兄やんは、胸の中で舌打ちをした。

「びっくりさせるんじゃないぜ」

23

第三クール最後の四日目だった。朝方まで雨で、グランドはぬかるんでいた。はたして、ウオーミング・アップ中に、高倉外野手が左足を痛めた。ダッシュしたあと、爪先から急激に止まったのが原因だった。左腓腹筋の断裂で、全治四週間の重症だった。高倉は切り込み隊長の渾名を持つ一番バッターで、守備はセンターだった。この怪我で、高倉の開幕スタメンは、絶望的となった。

もとより、昨今のライオンズは、いわゆるセンターー・ラインが弱体化していた。キャッチャーの和田と河合は大ベテランで、二人とも肩が衰えている。しかも、和田があまりにも偉大なキャッチャーだったために、後継者が育っていない。

セカンドは昨年こそは仰木がレギュラーを取ったが、なにせ彼は打撃が弱い。内野の他の大型選手に比べると、どうにもひ弱だ。しかも、今年の仰木は怪我をしているし、控えの河野も腰痛で所沢に居残りだ。竹之内や滝内が、セカンドにコンバートされたのだって、セカンドがいちばんレギュラーを奪いやすいからにほかならない。

しかも、三原監督はセンター・ラインを大事にする指揮官だった。「頭が痛いね」

三原監督は報道陣の前で、大きな溜め息をついてみせた。しかし、彼らの姿が見えない所では、にやにやと笑っているのだった。

「エポック隊がいるからね」

三原監督は真弓コーチに、こう囁くのだった。いいか、エポック隊には、記憶力抜群のキャッチャーと、驚異的な動態視力のセカンドと、さらには人間の腹を蹴り上げたら内臓を破裂させるという、チンパンジーのキック力を持つセンターが、どかーんと揃っている。エポック隊が元気な限り、センター・ラインはなにも心配いらん。

この日、通常の練習が終わったあとで、ショートの控えの梅田が、セカンドの目黒に声を掛けた。ゲッツツーのタイミングを覚えるために、一緒に特守をしようと言うのだ。

あさってからの紅白試合で、一軍のセカンドは目黒だと、監督から訊き出したとの話だった。選手会長の豊田はまだ守備にはつかないので、一軍のショートには強肩が売り物の梅田が入るという。

「梅田さん。きょうの午後は特打ちをしたいので、特守は夕方からでもいいですか」

「いいよ。それなら、ぼくも特打ちにつきあうさ」

24

「なんだ、こいつは」

梅田は、セカンド・ベースに入りながら、目を剥いた。特守につきあってくれた真弓コーチが、ライト方面にゴロをノックすると、バットがボールを叩く前に、目黒はもう打球の飛んで来る位置へ走り出している。一塁と二塁の間は、どんなゴロも抜けない。また二塁と三塁の間にゴロが飛んで、ショートの梅田がグラブに入れて、セカンドを振り返ると、もう必ずセカンド・ベース上に目黒は突っ立って、梅田からの送球を今かと待っている。これも、バットがボールを叩く前から、ショート・ゴロだと推測して、セカンド・ベースに入っているかのようだった。

「きのうまでとは、いやさっきまでとも、えらい違いだ」

梅田はなにがなんだか、わからなくなった。セカンドの目黒とタイミングを合わせるもなにもなかった。梅田がゴロを捕球したときには、もういつでもセカンド・ベース上で、目黒が待ち構えているのだ。また目黒がゴロを捕球したときには、梅田がセカンド・ベースに入るのを待たれてしまうのだ。

つまり、梅田はいつセカンドへ投げてもよく、また梅田がセカンド・ベースに入りさえすれば目黒から送球されるのだ。

「どうなっているのです」

一時間くらい経ったときに、梅田は発狂しそうになって、たまらずに真弓コーチに訊ねた。

「こんな連係プレー、生まれて初めてっすよ」

「守備の人、梅田くんも、さすがにびっくりしたか」

真弓コーチは、大声を上げて笑った。一塁と二塁の間で、目黒もにこにこと笑っている。梅田は両目を大きく見開いて瞬きもできなかった。顔も上下に小刻みに動いて、通りがかりの子供に頭を殴られたペコちゃん人形のようになった。これは梅田が緊張したときの癖だ。

「じつは、ぼくも初めて観たのだよ。おやじさんから話では聴いていたけれどね」

真弓コーチは、マジで目黒は凄いねと付け足して、また大きな声で笑った。

「これから、毎晩、二人で特守をやろう」

梅田が上ずった声で、目黒に持ち掛けた。

「先輩、お願いします」

「よし、ノックはおれに任せておけ」

真弓コーチは拳骨で自分の胸を叩いた。

25

翌日は、休日だった。キャンプに入ってから十七日目で、どの選手の筋肉もパンパンに張っていた。

それでも、若手はイチゴ狩りなどのイベントに引っ張り出されたり、映画を観に行ったりと、外出をする選手が多かった。

「イチゴ模様のパンツ狩りだろ」

「外出できるなんて、練習が足りんのじゃないか」

ベテランは、そんな憎まれ口を叩きながら、ホテルの部屋で昼過ぎまで眠りこける選手が多かった。

「風呂に行きましょう」

猿田は同室の愛葉を誘った。ライオンズが合宿するホテルには、温泉がついていた。

「午前中なら、誰も入っていませんよ」

猿田もチーム・メイトと一緒に入浴するのはいやだった。それで、いつも部屋のシャワーで済ませていた。

「今なら、誰も居ません。チャンスですよ」

「うっ」

愛葉もついて来るようだった。猿田は大きなバスタオルと小さなタオルを二本ずつ手に持って、愛葉の背中を押しながら、大浴場へ行った。脱衣所を覗くと、服を入れる籠がどれも空っぽだった。

「やっぱり、誰も居ませんよ」

猿田は愛葉を見上げて、口元を緩ませた。

「うっ」

愛葉は頷くと、服を脱ぎ始めた。しかし、トレーナーの裾を掴む所作にも、蹄のような指では、幼子のように少々時間が必要だった。

猿田はさっさと服を脱いだ。見る間に、金色の体毛で被われた裸身が現れた。全裸になると、人間よりもよっぽどチンパンジーに近かった。

「先に入っていますよ」

猿田は小さなタオルで前を隠しながら、脱衣所から大浴場へと消えた。

愛葉は苦労して裸になると、それなりの注意を払いながら、覆面ももぎ取った。頭の上部は精巧なプラスチック板で被われていた。もちろん、頭髪は一本もない。右目が大きくて中央近くにあり、左目は捜さなければわからないほど小さかった。鼻も真中にはついていないで、左目のすぐ下に、象の鼻のミニチュアを思わせるものがぶらんとくっついていた。覆面を被ったときは、この柔らかくて皺くちゃな鼻の先を、真中の穴へ引っ張って出すのだ。口はやや右側に位置していたが、横ではなくて縦になっていた。全身を見ると、右側が異常に発達していて、左側は総じてお粗末だった。

愛葉も小さなタオルを手にして、大浴場へのドアを開けた。

猿田は一人で広い湯槽に浸かっていた。湯の中で、金色の体毛が、ワカメのように波打っていた。

「愛葉さん。日本人って、みんな優しいっすよね」

「うっ」

愛葉は頷くと、桶の縁を右手で掴んで、お湯を左肩から掛けた。

「街の中で知らない人と擦れ違うと、相手の方がぼくから目をそらすもの」

「うっ」

愛葉は返事をしながら、広い湯槽の中で底が高くなっている場所に、左足を乗せた。その瞬間、ぐらりと上体が傾いた。猿田は思わず両手を差し出して、受け止める恰好をした。でも、愛葉は倒れたりはしなかった。右足を素早く左足の隣に置いて、一度バランスを取った。それから、今度は右足を先に湯槽の底に運んで、その後から左足を底につけた。

このとき、猿田は愛葉の性器をつぶさに見てしまった。

「ふう」

猿田は溜め息をついた。愛葉の性器は通常の場所に付いていなかった。かなり奥深くに、というよりも尻尾が生えるような場所から、だらりと垂れていた。

愛葉は猿田の隣にしゃがみ込んで、肩までお湯に入った。

「あそこに性器が付いていては、自分の意志では、使えないよな」

猿田は胸のうちで思った。性交なんて、愛葉には一生縁がないのだろう。用足しは、自分ひとりの行為だから、後ろ向きでもできる。そして、普段は両足の間に、ひっそりと収めておくのだろう。

「ぼくの尻尾と同じように」

猿田は尻尾を両足の間に挟んで、その先端を性器の下に引っ張り出していた。

猿田は先に湯槽から上がって、体を洗い始めた。目の前の鏡なんか、見たくもないのに、つい見てしまう。そこには、毛むくじゃらのチンパンジーが、小賢しい顔つきをして映っている。

「なんでこんな姿に、生まれて来たのだろう」

これまでに数え切れないほど胸を焼いた哀しみだった。でも、こんな生まれ方のために、野球では天才なのだ。猿田は鏡を使って、湯槽に浸かっている愛葉を覗き込んだ。

「ぼくよりも、ずっと、人間離れしている」

でも、その分、愛葉は野球では、もっと天才なのだ。


「愛葉さん。この世に野球があって、お互い本当によかったですよね」

「うっ」

愛葉も湯槽から上がって、猿田の隣に腰掛けた。

猿田は頭にシャンプーを擦り込んだ。

「愛葉さん。エポック博士に預かってもらう前の、ぼくの話ですけれどね」

猿田は頭を泡だらけにしながら、一人語りを始めた。

「アメリカに行っていた時期があるのですよ」

猿田はシャワーの栓を捻って、頭からお湯を被った。

「ぼくを作ってしまったドイツの老いた医者が、テキサスの友人の医者にぼくを預けたのです。ひどかったですよ。街中を一人で歩いていると、子供たちまでが露骨に差別用語をぶつけてくるのです。いや、ピュア・ホワイトばかりじゃないですよ。アフリカ系だって、口汚く罵って来ます。テキサスでは、公園で水道の水も飲ましてもらえなかったな。おまえが飲むと、おれたちにサルの病気が移る、とか言われてね。いったい、あの国は、自分たちよりも遅く入って来る者たちを差別するのですね。今一番の新参者は、プエル・トルコ系あたりでしょうか。もしこの後、北朝鮮から大量の難民でもアメリカに渡ったら、プエル・トルコ系だって、今度は北朝鮮系を差別するに決まっていますよ。差別して、差別して、差別しまくって、やっとそれまで差別されていた自分たちが救われるのです。あの国はそういう構造です。ぼくの祖父はそんなアメリカで、だめになったそうです」

猿田は小さなタオルで、頭を拭った。愛葉は聴いているのかいないのか、ひたすらシャワーで自分の体にお湯を掛けていた。

「そのアメリカで、ぼくは野球を覚えたのです。それなのに、大リーグどころか、1Aにだって入れてもらえなかった。入団試験すら、サルはだめって、拒絶されましたよ。チーム・メイトが気持ち悪がるからって。そこへいくと、日本はいい国ですよね」

「うっ」

愛葉は短い声を洩らすと、立ち上がって、また湯槽に向かった。猿田も後に続いた。猿田が愛葉の背中に言葉をぶつけた。

「愛葉さん。ぼくはいつか、アメリカの誇りでもある、大リーグをやっつけてやりたいのです。そのときは、一緒に戦ってくださいね」

「うっ」

26

第四クールに入って、紅白試合が始まった。三試合が組まれていたが、そのどの試合にも、猿田と南と目黒は先発出場した。

目黒は主力中心の白組で出場したが、梅田からの送球をセカンド・ベースの上でポロリと落としたり、五打席連続三振だったりと、散々な成績だった。でも、もう落ち込む様子はなかった。

猿田は若手中心の紅組で出場して、高倉の代わりを十二分にこなした。とりわけ、その守備には誰もが舌を巻いた。

南も紅組だったが、彼は可も不可もなかった。南のリードを評価できる状態まで、ピッチャー陣が仕上がっていなかった。ピッチャーはまだ誰も、南のサインどおりの球を放れないのだった。

この中で、最愛の一振りが人目を引いた。三試合とも、代打での出場だったが、二本のホームランを放った。これは白組の四番に坐っていたフトシのホームランと同じ数だった。

27

二十三日の日曜日には、犯神タイガースとのオープン戦が、同じ高知県の安芸球場で組まれていた。犯神からは二十二日にも一試合やろうとの申し入れがあった。しかし、これは三原監督が断ったのだった。

「本当は、二月いっぱいは、オープン戦を入れたくない」

三原監督の頭の中では、当り前のことを当り前にできるまでには、あと一クールの仕上げの期間が必要だった。

結果、安芸には、若手中心のメンバーで行くことになった。開幕即一軍ベンチ入りを狙う連中だった。ただ首脳陣は、三原監督をはじめ外野手兼助監督のポンちゃんなどの一軍メンバーが付いて行った。

エポック博士は、他の五人とともに、春野に残った。

28

三月に入ると、最初の日曜日に、春野球場で太陽ホエールズとのオープン戦があった。西武士ライオンズが春野でキャンプを張るのは今年が最後なので、三原監督は地元へのお礼に豪華投手陣の顔見せ試合にすると宣言していた。

ところが、先発予定の河村が右足の親指に五百円玉の大きさのマメを作って、急遽登板を回避した。また中継ぎで投げる予定のエースのサイちゃんが、風邪で高熱を出して、所沢に帰ってしまった。

結局、先発は新人の池永になった。池永は三回を零点に抑えて、まあまあのデビューを飾った。また中継ぎとしては、島原、若生と中堅がマウンドに上がり、八回には井上（善）が投げたのだが、この三人で七点も献上していた。打線も一軍選手の玉造とビュフォード以外はさっぱりで、ヒットがたったの三本では、一人もホーム・ベースを踏めなかった。

春野球場のスタンドは、ライオンズのファンで埋め尽くされていたために、ずっと静まり返っていた。

ところが、九回の表になって、愛葉と南の名がアナウンスされ、背番号12がマウンドに向かうと、スタンドがざわついた。顔は白い覆面で隠されているし、二本の足の長さが違うから、歩くたびに上体が大きく左右に揺れ動く。しかも、投球練習を始めると、いったん上げた左足をマウンドに着地させるたびに、一塁側に倒れそうになる。投げるボールも、これまでのどのピッチャーよりも遅かった。スタンドのざわめきが大きくなり、太陽ホエールズのベンチでは笑いが起こった。しかし、この回打席に入る近藤（和）と桑田は、むっとして、相次いで野次を飛ばした。

「なめんじゃねえぞ」

「オープン戦でも、敗戦処理を使うのか」

三塁側の太陽ホエールズの応援席からも、痛烈に皮肉られた。

「パ・リーグで優勝したって、セ・リーグに来れば最下位だぞ」

観客がどっと笑った。太陽は去年、セ・リーグで最下位だったのだ。そのチームにワン・サイドで負けている。

南が三塁側のスタンドに顔を向けた。それを見たエポック博士が、グランドに飛び出して、キャッチャーの南を呼んだ。

「おいおい、挑発されて、消える球のサインを出すなよ」

「ばれましたか」

南がマスクの奥で微笑んだ。

「オーナーの営業的な戦略があるからね」

エポック博士も笑顔で返した。

三番を打つ近藤（和）が、むっとしたまま左打席に入った。彼は独特の構えで、人気がある。左右の拳を離してグリップを握り、バットを左肩の前で寝かせて、先端をぐりぐりと回す。これでタイミングを計るのだ。

愛葉は南のサインに頷くと、両手を大きく振りかぶった。左足を上げて、着地させたときに、体がぐらりと左に傾いた。スタンドが一瞬ざわめいた。しかし、転ぶことはなく、右腕が大きく振り下ろされた。遅い直球が、ど真中に向かって伸びて行った。

近藤（和）はしめたと思った。きょう二本目のホームランが打てる。でも、こんなピッチャーから打っても、自慢にはならないか。近藤（和）はバットの動きを一瞬止めると、左の拳を右の拳にくっつけて、力強くスイングした。しかし、どういうわけか当て損ねてしまった。ボテボテのサードゴロだった。それでも、近藤（和）は懸命にファースト・ベースへ向かって走り始めた。それと同時にサードのビュフ

ォードが猛然と前に突っ込んで来て、素手の右手でボールを掴むと、ファーストへ弾丸のような球を投げつけた。

でも、ファーストの塁審は、両手を横に広げた。セーフだった。

近藤（和）には代走が送られ、彼は首を傾げながらベンチに戻って来た。

「変だな。真芯で捉えたはずなのだが」

次の打者は四番の桑田だった。

「大量リードだぜ。おれが打席に入るようなピッチャーかよ」

桑田が辞退したので、代打に一軍半の田代が出て来た。南はマスク越しに右バッター・ボックスの田代を見上げた。公式戦で、しかも競っている九回の表ならば、南が一番リードしづらい場面だ。

しかし、きょうはオープン戦だ。大量リードもされている。それに相手の田代も、オバQと呼ばれて人気はあるが、代打の切り札というわけでもない。

南はベンチを見ないで自分でサインを出すことに

した。去年、田代は一軍のゲームに初登場して、打率一割という成績だ。数少ない打席だが、そのデータが南の頭の中にはある。初球は外角低目に、五センチ浮き上がる球を投げさせた。田代はそのボールに手を出して、あっさりとファースト・フライに倒れた。

南は愛葉の投球に、ある程度の手応えを感じた。愛葉の手元で伸びるボールに、二人のプロのバッターが詰まって、打球が反対方向に飛んでいる。

よし、次のバッターのシビンで、ダブル・プレーを狙ってやろう。シビンは右バッターなので、南は立ち上がって、セカンドの滝内を前に出させた。そして、豊田が引っ込んだあとのショートを守っていた梅田の守備位置をセカンド・ベース寄りに変えた。南は蹲踞の格好に戻ると、五センチ落ちる球のサインを出して、ミットを外角高目に構えた。

愛葉が頷いて、いつものようによろけながら、ボールを放った。ボールは南のミットへ向かって、打ち頃の直球を装いながら飛んで来た。シビンは絶好球が来たと、喜び勇んで、バットを出した。ところが、どういうわけかどん詰まりのセカンド・ゴロになってしまい、前進していた滝内からショートの梅田へ、梅田からファーストの田中（久）へとボールが渡って、ダブル・プレーが成立した。

三球だった。たったの三球で、愛葉は一イニングを0点に抑えた。愛葉の〈五センチボール〉が、日本のプロ野球界で完璧に通用したのだ。これは大きな収穫だった。

しかし、マスコミにはなにも取り上げられなかった。後日届けられた地元の新聞だけが、『さよなら、西武士ライオンズ』という特集記事を載せて、その中で〈覆面投手が登板〉と際物扱いしただけだった。愛葉の投球については、可も不可も語っていなかった。きっと記者が評価をしかねたのだろう。南はそう思った。

29

その日の夜には、全員が春野を引き上げて、飛行機で羽田に戻った。翌日の三日は休日で、四日と五日は所沢での夜間練習が組まれていた。六日の難解ホークスとのオープン戦が、福岡ドームでナイターだったからである。

三日の休日の夜だった。エポック隊は、休日返上の特別夜間練習を行なった。それを終えて、九時過ぎにマンションに戻ると、ドアの前で若い球団職員が待機していた。彼の横には、大きなダンボール箱が五つも重ねてある。

「いったい、なにごとかな」

エポック博士が尋ねると、若い球団職員は頬を紅く染めながら、微笑んで言った。

「監督からの業務命令です。南選手に手渡せと」

「中身は聴いているのかい」

エポック博士がダンボール箱の山を見上げながら、首を傾げた。

「ええ。去年のマイナーズの全試合を録画したブルーレイ・ディスクと、マイナーズに移籍して来た主力選手のブルーレイ・ディスクだそうです」


エポック博士と南は、互いの顔を見て、にやりと笑い合った。

「監督からなにか伝言はあるかい」

「いや、中身を言って手渡せば解る、と」

「そうか。では、すまないが、部屋まで運んでくれないか」

30

六日は全員が午前中の便で、博多入りをした。ホテルにチェック・インをしたあと、すぐに専用バスに乗って、福岡ドームに入った。球場内のレストランで軽い食事を摂って、それからグランドへ出た。

「見える」

目黒が叫んだ。エポック博士がその言葉を聴くと、すぐに目黒に近寄った。

「どのくらい見える」

「夜とまったく同じですよ」

「そうか」

エポック博士は左手で目黒の右肩をぽんと叩いた。

「よかったな」

「ええ。この濃いサングラスで、どんぴしゃり、です」

二人は思わず互いに右手を差し出して、固く握手をした。

「この分なら、東京ドームや大阪ドームや札幌ドームのデー・ゲームも、大丈夫だぞ」

「たぶん」

二人は握手をしたまま、微笑み合った。

「西武士ドームでは、なんであんなに見えなかったのだろう」

目黒に訊かれて、エポック博士も首を傾げた。

「あそこは屋根がのっているだけで、密閉状態ではないからな」

「太陽光線が直接入ると、だめなのですかね」

「あっ」

二人は同時に短い叫び声を出した。そして、二人ともにやにやと笑った。どうやら、二人は同じ問題に気がついたらしい。エポック博士が口火を切った。


「この球場の屋根は開閉式だったたな」

「札幌ドームも、ですよ」

「そうか。この二球場でのデー・ゲームは、雨、雨、降れ、降れ、降れ、雨よ降れ、だなあ」

すると、真弓コーチが笑顔のまま、横から口を挟んだ。

「逆さてるてる坊主でも、ホテルの部屋に吊るすさ」

31

この日のナイターでは、目黒が先発出場を果たした。打順は二番で、セカンドを守った。初回の打席では、一番のビュフォードが凡退のあと、フォア・ボールを選んで塁に出た。三原監督は三塁コーチス・ボックスで、早速ヒット・エンド・ランのサインを出してみた。三番は右の巧打者の関口である。初球は内角低目に直球が来た。関口は両肘を上手く畳んで、バットをコンパクトに振り抜いた。その瞬間、目黒はセカンド・ベースに向かってスタートを切るどころか、逆にファースト・ベースに戻っていた。

「やはりな」

三原監督は笑いが込み上げて来た。

「普通なら、ダブル・プレーだ」

関口の打球は鋭いライナーで、そのままショートの広瀬のグラブに収まっていた。

守りでも、目黒は頭角を現した。左の杉山の打球が、ファーストのすぐ脇の一二塁間を、弾丸ライナーで抜いて行こうとしたときだ。その後方に、いつのまにか目黒が回り込んで来て、ダイビング・キャッチで捕球した。

「あいつ、いつ守備位置を変えたねん」

難解ホークスの鶴岡監督が、ベンチの中でしゃがれ声を出した。

また、ツー・アウトで、ランナーが三塁というピンチのときだった。四番の野村がピッチャーの足元を抜く強烈なゴロを放った。難解ベンチの誰もが、センター前へのタイムリー・ヒットだと確信した。ところが、このときセカンド・ベースの後ろに、目黒が回り込んで来た。そして、グラブを嵌めている左腕をめいっぱい伸ばして、体勢を崩しながら捕球すると、近くに来ていたショートの梅田にグラブ・トスを敢行した。梅田はそのボールを右手で取って、そのままファーストに遠投した。梅田の肩の強さは、パ・リーグ一である。足の遅い野村は、ファースト・ベースの歩幅一歩分も手前で、アウトを宣告された。

たちまち、スタンドは総立ちになって、大きな拍手が起こった。それは、一塁側の難解の応援席でも、同じだった。

「今年のパ・リーグは、おもろいで」

鶴岡監督はにこりと微笑むと、ベンチにがらがら声を響かせた。

「点数の多い少ないだけが、プロ野球ではないで。ファイン・プレーの応酬こそが、真のプロの野球なんや。おまえたち、練習せいよ。グランドには銭が落ちているんやから」

32

開幕六日前の三月二十二日には、東京ドームで正午から、西武士ライオンズと大リーグのシアトル・マイナーズとのオープン戦が開催された。同日の夜には、やはり東京ドームで、読捨ジャイアンツと大リーグのオークランド・アバズレチックスのオープン戦が組まれていた。翌日の昼間には難解ホークスとアバズレチックス戦があり、夜には読捨ジャイアンツが今度はマイナーズと戦うスケジュールになっていた。これらは、大リーグのマイナーズとアバズレチックスが、開幕戦を日本で行なうためであった。

「準備万端、整ったぞ」

筒見オーナーは、東京ドームのＶＩＰルームに、エポック博士を呼んで、にやりと笑った。筒見は早くからこの日を消える魔球の解禁日に決めて、関連グッズやマスコミ対策を練ってきたのだった。

「はい。チャンスですからね」

エポック博士も微笑みを返した。日本のマスコミは、ＮＨＫを筆頭に大リーグ一辺倒になっていた。日本のプロ野球界は、まさに空洞化しつつある。これを押し留めるには、日本中が注目しているこの大リーグとのオープン戦で、大リーガー以上のプレーを見せることだ。百分は一分にしかず、と言ったっけな。

「エポック隊の調子はどうだ」

「全員が、観客の目を釘付けにしようと、張り切っています」

「そうか」

筒見がにやりと微笑んだ。

「サイパンで、わたしが拉致されてから、ちょうど二ヶ月だね」

「拉致は人聞きが悪い。グリーン・フラッシュを観てから、と言い換えてください」

筒見とエポック博士は大声で笑い合って、それから互いに両手で固い握手を交わした。

33

両チームの先発メンバーが発表された。

先攻のマイナーズは、一番に天才日本人打者のイチロー（右）、二番に三十万ドルで移籍して来たヴィン（左）、三番に三代続いてのしゃきしゃきの大リーガーであるフーン（二）、四番に動態視力抜群の四十歳マルデミス（ＤＨ）、五番に通算打率三割のオットット（一）、六番に走れる大砲のキャメレオン（中）、七番にサード守備率ＡＬ一位のシリコン（三）、八番に怪我の正捕手に代わって強肩のヒデーヒス（捕）、九番に守備範囲の広いフレームワイド（遊）、それにピッチャーが開幕戦の先発と言われている、右の柱のガールチアだった。

やはり、マイナーズも開幕戦を間近に控えて、メデビンタ新監督もベスト・オーダーで臨んで来た。

一方、後攻の西武士ライオンズは、一般に馴染みのない名前が四人も並んだ。一番に中西（三）、二番に目黒（二）、三番に最愛（ＤＨ）、四番に大下（右）、五番に豊田（遊）、六番に関口（左）、七番に

田中（久）（一）、八番に南（捕）、九番に猿田（中）、それに先発ピッチャーは稲尾であった。

「おいおい、新人が四人だぜ。しかも、そのうちの二人は上位を打つぞ」

「三原監督は、また奇策に出たね」

「懲りてないねえ」

「まったくだ。去年の日本シリーズと同じ轍を踏むぜ」

「うん。いくらオープン戦でも、大リーグ相手に失礼じゃないか」

「ああ。日本のプロ野球は、２Ａ程度だと思われるよ」

「もう知らんぞ、一〇〇対〇になっても。プロ野球に点差のコールド・ゲームはないのだからな」

記者席は三原監督へのブーイングで盛り上がっていた。

34

試合前のアトラクションの一つとして、両チーム

から三人ずつが選ばれて、ホームラン競争が行なわれた。マイナーズからは、フーンとマルデミスとキャメレオンが出て来て、それぞれが三本、四本、三本と、合計で十本のホームランを打ち上げた。西武士からは、トヨとフトシとポンちゃんが挑戦して、それぞれが二本、四本、一本と、合計で七本のホームランを放った。

ホームラン競争は、大リーグの圧勝だった。

しかし、試合開始前のアトラクションは、ホームラン競争だけではなかった。西武士側から、マルデミスと動態視力の競争がしたい、との申し込みがあった。

マルデミスは、即時に快諾した。

競い方は、マルデミスが普段練習に取り入れている方法で行なわれた。ピッチャーがグラブの中に、数字を書き込んだボールを二球入れて、そのうちの一球を無作為に選んで投げる。それをバッター・ボックスに立っていて、読み取るのだ。ただし、きょうはアトラクションで行なうために、バッター・ボックスの脇に、数字を書いたフラッグを色分けして置いておき、投球後ただちに赤地に白抜きで〈1〉とか、緑地に白抜きで〈2〉とかの色分けされたフラッグを上げて示す。

そのあとで、アンパイアがキャッチャーからボールを受け取って、数字を確かめる。そして、背後の籠から正解のフラッグを抜き出して、それを頭上に掲げるという競い方だった。

まず、マルデミスがバッター・ボックスに立った。新人の池永がマウンドに立って、一球目にいきなり151キロの直球を投げ込んだ。マルデミスはにこりと笑って、フラッグの籠の中から黄色地に白抜きで〈9〉と書かれているフラッグを掲げた。ついで、アンパイアが、キャッチャーの南からボールを受け取り、数字を確認して、後ろの籠の中から一本のフラッグを抜いて頭上に上げた。やはり、黄色地に白抜きで〈9〉のフラッグだった。

満員の東京ドームが、どっとどよめいた。

続いて、マウンドにはガールチアが上がり、キャッチャーもヒデーヒスに入れ替わって、バッター・ボックスには目黒が入った。ガールチアもいきなり153キロの直球を投げ込んだ。目黒は籠の中から、青地に白抜きで〈5〉と書いてあるフラッグを抜き出した。早速、アンパイアがキャッチャーからボールを受け取った。東京ドームが静まり返った。アンパイアは、背後の籠から青地に白抜きで〈5〉のフラッグを取り出した。

満員の東京ドームが、今度もどっと湧き上がった。

「まさか」

「これは、見出しになるぞ」

記者席もにわかに慌しくなって、パソコンのキーを叩く音があっちでもこっちでも響き始めた。

ふたたび、新人の池永と南のバッテリーに代わり、バッター・ボックスにマルデミスが入った。新人の池永は、今度は回転がいっぱいかかった、大きなカーブを投げた。マルデミスは籠の中から、黒地に白抜きで〈0〉のフラッグを抜き出した。アンパイアはボールを確かめて、やはり黒いフラッグを頭上に掲げた。しかし、マルデミスに、もう笑顔はなかった。

ガールチアとヒデーヒスのバッテリーに代わった。バッター・ボックスには目黒が入った。ガールチアは直球と同じくらいのスピードで、スライダーのように沈む、カット・ボールを投げた。早い回転で飛んで行く、数字がとりわけ読みづらいはずのボールだった。ガールチアは同僚の四番バッターに、いい気持ちで、ペナント・レースに突入してもらいたかった。しかし、目黒は少しも迷わずに、紫色の地に白抜きで〈4〉と記してあるフラッグを上げた。

「オー・マイ・ゴット」

ガールチアはマウンドでうめいた。あらかじめ、グラブの中で数字を読んでいたからだった。このとき、アンパイアが紫色のフラッグを頭上に掲げたので、スタンドではスタンディング・オーベイションが起こった。

目黒が英語でマルデミスになにかを話し掛けた。マルデミスは大きく頷いた。ついで、目黒が池永に、マルデミスがガールチアに、なにか言葉を掛けた。目黒がフラッグの入った籠を持つと、センターに向かって走り出した。マルデミスがそれに続いた。

二人はセンターの一番深いフェンスに背をもたせて、それからホーム・ベース近辺に居る二人のピッチャーに手を振った。二人のピッチャーはそれぞれのベンチ前に行き、まずガールチアが池永に向かって、ボールを投げた。目黒はそれを見て、籠の中から、茶色地に白抜きで〈6〉と記してあるフラッグを掲げた。アンパイアが、確かめに行って、やはり茶色いフラッグを頭上に上げた。

マルデミスがあごを横に振りながら、目黒に近づいて、顔からサングラスを取り上げた。目黒はあわてて、目を閉じた。マルデミスは、その濃いサングラスを自分の顔に掛けてみた。

「オー・ケイ。ノー・プロブレム」

マルデミスは両手でサングラスの柄を掴むと、両目を閉じている目黒の両耳に掛け直した。

今度は、池永からガールチアに、ボールが投げられた。マルデミスは目を凝らして、じっと見ていたが、その格好のままで固まってしまった。

しばらくすると、マルデミスはあごを横に振りながら、籠の中から数字が記されていない、ただの真っ白いフラッグを抜き出して、頭上に掲げた。いわゆる、白旗だった。それまで静まり返っていたスタンドが、わっと大歓声に包まれた。目黒はマルデミスに右手を差し出して、握手を求めた。マルデミスは快く応じてくれて、握手をしながら、左手で目黒の右肩を二度三度と叩いた。二人は一緒に籠を持って、ホーム・ベースの方に戻ろうとした。このとき、一塁側のベンチ前に、エポック博士が飛び出して来た。目黒に向かって、「(マルデミスに替わって)籠の中からフラッグを取り出せ」とジェスチャーで示した。目黒が頷いて、籠の中から、赤地に白抜きで〈1〉と書いてあるフラッグを抜き出した。アンパイアがガールチアに確かめに行き、それから赤いフラッグを頭上に掲げた。マルデミスは、肩をすくめた。

「オー・マイ・ゴッド！　ユー・アー・ナンバーワン」

「サンキュウ」

スタンドでは、ふたたび大歓声が起こった。

筒見はVIPルームで、この模様を観ながら、両肩を上下させて笑っていた。その隣席には、きょうの始球式を依頼した、石原百合子東京都知事が坐っていた。

「石原さん。こんなもんじゃないですよ。この試合でみんなの目が飛び出すような隠し玉をご覧にいれますぞ。なーに、大リーグ？　なーに、アメリカ？　そんなもん、なんぼのもんじゃい！」

「確かに。このチームのメンバーは、〈NO！と言える日本人〉ですね」

35

正午になると、NHKの衛星第一放送で、全国中継が始まった。それを待って、石原百合子東京都知事が始球式を行なった。今夜の読捨ジャイアンツ対

アバズレチックス戦は、安屁総理大臣が始球式を行なうとの企画だった。

試合が始まった。エースのサイちゃんこと稲尾は、南のサインに首を振って、初球は決まっているのだと言うように、外角低目にストレートを投げた。イチローはそれを待ち構えていたかのように、レフト前に流し打った。二番のヴィンも初球の真ん中に入ったスライダーをセンター前にワン・バウンドで運んだ。サイちゃんは二球投げただけで、早くも二人の俊足ランナーを背負ってしまった。

南はタイムを取って、マウンドのサイちゃんに近寄った。南はサイちゃんと同い年で、いわゆる〈稲尾世代〉と呼ばれる、いい選手の当たり年の生まれだった。

「サインに、首を振るなよ」

「まあね」

「任せておけよ。マイナーズの各打者の弱点は、全部覚えている」

「ほんとかよ」

サイちゃんは細い目をもっと細くした。

「ウソじゃない」

「わかった。任せる」

サイちゃんはそう答えると、前屈みになって、ロージンバッグを右手で拾い上げた。南は小走りにホーム・ベースの後ろに戻った。試合が再開された。

三番にはフーンが入っていた。南は一球目に、外角低目へまたしてもスライダーを要求した。構えたミットよりも、ボール二つほど高かったが、力のある球だった。フーンは強引に引っ掛けて、三塁線にゴロのファアルを打った。二球目は思い切って内角高目に、直球を投げさせた。フーンはこの球も、思い切り引っ張った。打球はライナーだったが、レフト線から大きく切れて、スタンドに飛び込んだ。南の計算どおりに、ファアル二つで、フーンを追い込んだ。フーンは追い込まれると、スタンスを極端なオープンに変えて、右狙いに徹する。しかし、これは南の計算どおりの展開だった。

南は三球勝負に出た。外角高目に直球を投げさせた。フーンは狙い済ましたように、一、二塁間に猛烈なゴロを放った。しまった、三本連続被安打だ。投げたサイちゃんがマウンドで地団太を踏んだ。敵も味方も観客も、球場に居たほとんどの人が、三本連続安打で先取点が入ると確信した。ライトを守る左利きのポンちゃんも、バック・ホームをするために、捕球時に右足が一歩前に出るように、歩幅を調整しながら前進して来た。

「あっ」

球場全体に、驚きの短い声が上がった。セカンドの目黒が打球の前に立っていて、平凡なセカンド・ゴロのようにグラブに入れると、セカンド・ベースに入ったトヨの右肩の高さに放っていた。トヨはそのボールを左手に嵌めたグラブで受け取ると、すぐに右手に持ち替えて、スライディングして来るファースト・ランナーをよけながら、ジャンピング・スローでファーストに送球した。たちまち、4―6―3のダブル・プレーが成立して、ツー・アウト、ランナー三塁と局面が一変した。

四番は動態視力の競争で負けている、マルデミスだった。マルデミスは内心で燃えていた。どんな球が来ても、バック・スクリーンに一発放り込んで、さっきの屈辱を晴らそうと心に誓っていた。

「おれは、大リーグの四番バッターだ。格下の日本のピッチャーを打てないわけがない」

マルデミスは、自分に何度もそう言い聞かせて、バッター・ボックスに入った。

南の苦手なパターンが出来上がってしまった。南はマルデミスの心境など考えようともしなかった。データからいくと、マルデミスは左太腿裏を痛めて、昨シーズンはフル出場していない。しかも、完治したとは言えない状態で、きょうのオープン戦に出場している。内角に鋭いシュートを投げ込めば、自然と左足を庇って、打球は詰まってしまうはずだった。

南はサイちゃんにサインを出した。初球から勝負球の内角高目のシュートを要求した。しかし、サイちゃんの投げた球は、やや真中寄りのホームラン・コースに入って来た。


ガツン。ボールをバットの真芯で叩いたときの心地よい音が、集音マイクを通して球場全体に響き渡った。

マルデミスは一歩ファーストに向かって動いただけで、その場に立ち止まって、自分の打球の行方を追っていた。

「狙いどおりに、バック・スクリーンだ」

マルデミスは確信して、拳骨を握った両手を頭上に伸ばすと、ガッツ・ポーズを決めた。ところが、センターはあきらめていない様子だった。背走に背走を重ねて、フェンスに飛び乗ると、そこから空中へ大ジャンプを試みた。マルデミスの目には、そのセンターがバック・スクリーンよりも高くジャンプしたかのように見えた。

猿田は空中でしっかりとホームラン・ボールをグラブに収めた。そして、外野の人工芝に、頭からダイブして行った。スタンドはしーんと静まり返った。ＮＨＫの衛星放送のアナウンサーも、仕事を忘れて、口あんぐりしていた。猿田は体を丸めて、肩から着地をした。その勢いででんぐり返しをすると、さっと立ち上がって、ボールの入っている右のグラブを頭上高くに差し出した。

しばらくしてから、レフトとライトの線審、それにセカンドの審判が、同時にアウトのコールをした。これを機会に、静まり返っていたスタンドが、いっきにうわあっという大歓声を上げた。記者席の記者たちは、耳が痛くなって、人差し指を両耳に突っ込んだ。こんな異様な大歓声は、ベテランの記者でも初めての体験だった。NHKのアナウンサーはやっと我に返って、「奇跡です。奇跡のジャンプです」とマイクに向かって叫んだ。NHKのデレクターは、今のシーンをアップにして、何度も繰り返し流した。スタンドでは一塁側から外野席、そして三塁側へと、大きなウエーブが起こった。それをテレビ・カメラが映し出すと、NHKのアナウンサーが叫んだ。

「この球場にいる誰もが、今のジャンプを観て、感動しています。感動を体で表現しています」

VIPルームでは、筒見オーナーが石原都知事の両手を掴んで、園児のように飛び跳ねていた。

マルデミスはホーム・ベースの上で、ガッツ・ポーズをしたまま、まだ凍り付いていた。

サイちゃんはマウンドの上で、やっと笑顔になって、戻って来た猿田とハイ・タッチをした。

エポック博士はベンチの前に立って、選手たちをハイ・タッチで迎え入れながら、涙を流していた。

36

一回裏の西武士ライオンズの攻撃が始まった。一番バッターの中西フトシが、右のバッター・ボックスに入った。王が抜けた今年、フトシは日本人プレイヤーの中で、いちばん大リーグに近い男と言われていた。今シーズン終了後には、FA権を取得するので、その動向が注目されている。

右のガールチアが第一球を投げた。直球が外角低目に伸びて来た。しかし、フトシは難なくバットを合わせて、ライト前に流し打った。二番は目黒だった。目黒はスイッチ・ヒッターなので、左のバッター・ボックスに入った。

　ガールチアは目黒を妙な奴だと思った。動態視力の競争のときも、守備の時も、今も、濃いサングラスを掛けている。室内球場だと、かえってボールが見づらいだろうに。

　ガールチアがセット・ポジションに入ると、フトシが大きなリードを取った。バッテリーは、フトシの足を警戒した。フトシは巨体で、本来はホームラン・バッターだ。でも、昨シーズンは三割・三十ホーマーの上に、三十盗塁を達成して、ホームラン王と盗塁王に輝いている。この情報はマイナーズのベンチにも、とっくに入っていた。昨夜、メデビンタ新監督からも、こう注意されていたのだ。

「フトシ、っつうお人にだけは、気をつけなはれ」

　ガールチアはキャッチャーのサインに従って、なんどもファーストに牽制球を投げた。きわどいタイミングのタッチもあったが、アウトにはできなかった。しかも、ボールがピッチャーに返ると、フトシはなにごともなかったように、ふたたび大きなリードを取った。ガールチアは苛ついてきた。ウエイティング・サークルで、バットを振る、次の打者も気になった。スイングするたびに、びゅう、びゅう、と空気を切り裂く音が、マウンドまで届くのだ。

　三原監督は三塁コーチス・ボックスで、相手ピッチャーが神経質になっているのを見抜いていた。目黒にはウェイティングのサインを出した。ツー・ストライクを取られるまで、ピッチャーのいらいらを増幅させてやろうと考えた。

　目黒のカウントがツー・ツーになった。三原監督はヒット・エンド・ランのサインを出した。ボールは外角低目の直球だった。目黒はそのボールを定石どおりに強引に引っ張った。しかも、バットを上から叩きつけるように振ったので、一二塁間に高いバウンドのゴロが転がった。セカンドはベース・カバーのために、セカンド・ベースに入ろうとしていた。思惑どおりにヒット・エンド・ランは成功して、フトシは持ち前の俊足を飛ばすと、セカンド・ベースを蹴ってサード・ベースへ向かって走っていた。ライトの左利きのイチローが前に突っ込んで来て、右足が前に出るように歩幅を合わせながらボールを掬うと、サードへピッチャーが投げるような素早いボールを送った。イチローのレーザー・ビームと言われている強肩の見せ場である。フトシがサード・ベースに滑り込むと同時に、サードのフーンがフトシにタッチを試みた。タイミングはアウトだった。しかし、フトシがタッチをかいくぐったようにも見えた。

判定は、セーフだった。

観客がどっと湧いた。みんなが息を詰めて見守っていたので、球場全体が大きな溜息をついたようになった。

「まるでワールド・シリーズの迫力ね」

VIPルームで、石原百合子都知事が、筒見オーナーに笑顔を向けた。筒見はなんども頷いて、日米で本当のワールド・シリーズをやりたいですねと答えた。すると、石原都知事は少し涙ぐんで、強い口調で言い切った。

「東京で開催しましょうね。その時は、いつぞやのオリンピックみたいに、国際オリンピック連盟やアメリカの好きなようにはさせないわ」

37

最愛がのっしのっしと左バッター・ボックスに入った。試合前に、エポック博士が最愛に告げていた。

「きょうは、ホームランが出るまで、何打席でも使うぞ」

最愛は喜んだ。五回もチャンスがある。快諾の言葉を発したい。しかし、無動状態のときだったので、舌は動かず、右の口端から涎を垂らしただけだった。

最愛はアメリカ人を見ると、頭が熱くなった。白人でも黒人でも、アメリカ人ならば、殴りつけたくなった。

グァムのアンダースン基地に勤めていたときに、ロコだという理由だけで、なんども将校や兵隊たちから殴られた。最愛の体が大きい分、殴る方には殴りがいがあったらしい。でも、なにもやり返せなかった。

リティコ・ボディグに罹った原因は、スパムを食べ過ぎたからだ、と言い放っているのは嘘だった。本当はアメリカ人の将校や兵隊たちに、サンド・バッグ替わりに殴られて、その打ち所が悪かったからだ。最愛は本心ではそう信じていた。でも、無抵抗だった自分が恥ずかしくて、エポック博士にも打ち明けていないのだった。

最愛は当時から、その悔しさを野球にぶつけてきた。だから、最愛にとって、アメリカ人相手の野球は、喧嘩そのものだった。燃えないわけがなかった。

ガールチアは、そんな最愛の感情を知っている由もなかった。ただマウンド上で、最愛が素振りをしたときの音の凄まじさに、圧倒されていた。長い大リーグの経験の中で、素振りでこんな音を立てる選手は、マクガイア以外に知らなかった。

「変化球から入ろう」

ガールチアは、キャッチャーの直球のサインに首を横に振った。


「そうだ。大きなカーブからだ」

ガールチアは二度目のサインに頷いて、セット・ポジションから左足を上げると右腕を振った。

「しまった」

ガールチアは胸の中で舌打ちをした。ガールチアがホームへ放ると同時に、キャッチャーのヒデーヒスが立ち上がって、捕球したボールをセカンドに送ったのだ。ガールチアはバッターを気にするあまり、ファースト・ランナーへの牽制をおざなりにしていた。その上、大きなカーブなどという遅いボールを投げてしまった。

「うわっ」

ガールチアは、今度は短い悲鳴を洩らした。三塁ランナーのフトシが、猛然とホームへ駆け込んで行くではないか。

「ダブル・スチールだ」

ガールチアはキャッチャーのカバーにも入れず、ただセカンドが投げ返しやすいようにと、マウンドでしゃがみ込んだだけだった。フトシはキャッチャーのブロックを避けて、回り込むように滑り込みながら、左手でホーム・ベースにタッチした。

ダブル・スチールの成功だった。足で引っ掻き回して先取点をもぎ取るなんて、いかにも西武士ライオンズらしかった。しかも、それを大リーグ相手に、のっけから成功させたのだ。三原監督は心の中で、にやりと笑った。

「ガッテム」

ガールチアは口に出して言うと、マウンドに唾を吐いた。最愛はそれを見て、さらに憎悪を深めた。アメリカの白人将校が噛みタバコをよく噛んでいて、その唾を顔に引っ掛けられた過去があった。

最愛は左バッター・ボックスに入り直すと、素振りを一回、二回と行なって、それから唾を吐いたピッチャーを睨みつけた。ガールチアはその目を見て、生意気な奴だ、ふざけるんじゃないと、もう一度唾を吐いた。こっちは大リーグだぞ、白人だぞ。

ガールチアはセカンド・ランナーを目で牽制すると、外角低目に構えたキャッチャーのミットめがけて、力のこもった直球を投げ込んだ。しかし、コースがやや甘く、真中寄りに入ってしまった。

最愛は見逃さなかった。バットが振られると、びゅんと空気を引き裂く音がして、打球はセンター後方に一直線に舞い上がって行った。先ほどのマルデミスの打球とほぼ同じ軌道だった。しかし、センターは猿田ではなかった。キャメレオンだった。キャメレオンも足は早かった。と言って、キャメレオンは普通の人間だった。頭の上を越えて行く打球を捕まえる術はなかった。

最愛の打球は、バック・スクリーンにぶつかって、無人のスタンドに跳ね返った。そのボールを拾おうと、外野の観客が何人も、バック・スクリーンの前の芝生に雪崩れ込んだ。

最愛は黙々とベースを一周した。マウンドでは、ガールチアがグラブを足元に投げつけていた。おれはまだ八球投げただけだぞ。それなのに、大リーガーでもない奴らに、三点も奪われるなんて。

メデビンタ新監督が、小走りにマウンドに駆け上がった。

「落ち着きなはれ。ジャップに、ほんのちょっとサービスしただけやおまへんか」

38

その後、ガールチアは「ジャップめ。ジャップめ」と差別用語を吐きながら投げ続けた。すると、すっかり立ち直って、ポンちゃん、トヨ、関口と抑えた。二回の裏も「ジャップめ、ジャップめ」と呟くと、田中（久）、南と打ち取って、ツー・アウト、ランナーなしで、九番の猿田を右バッター・ボックスに迎えた。

猿田はマイナーズ戦を迎えて、熱い思いがあった。愛葉との〈春野の温泉での誓い〉だ。たとえオープン戦でも、相手が大リーグならば、負けたくはなかった。猿田は素振りをしながら、テキサスでの出来事を一つ一つ思い出していた。

「絶対に、塁に出てやる」

猿田はいつもよりも、ホーム・ベースに覆い被さった。デッド・ボールでもなんでも構わなかった。とにかく、塁に出たい。

「なんだ、こいつは」

ガールチアはマウンドの上でうろたえた。幼子のような身長のくせに、顔には金色のヒゲが生え放題で、両腕にも金色の体毛がもじゃもじゃ生えている。そんな小人が、右バッター・ボックスで、ストライク・ゾーンを隠している。なんだかお伽の国にさまよい入って、悪い魔法でも掛けられたような気分だ。

「タイム」

ガールチアはキャッチャーのヒデーヒスを呼んだ。

「おい、おれは不思議な国のアリス、か」

「落ち着け。おまえは男だろ。アリスではない」

「見ろ。あいつには、ストライク・ゾーンがない」

「神経質になるな。ツー・アウトだ。歩かしたって、かまわん」

「わかった」

ガールチアは肩を叩かれて、マウンドの上に戻った。「ジャップめ」と呟いてみたが、この金髪男はどう見ても日本人ではない。だから「ジャップめ」は、ガールチアのまじないのようなものだった。「ジャップめ」ガールチアはもう一度吐き捨てると、気を取り直して、思い切り低目に投げた。ボール、と判定された。もっと低く投げよう。ところが、そうすると、ワン・バウンドになってしまった。結局、ストライクは、一球も取れなかった。

打順は一番に戻って、フトシが右バッター・ボックスに入った。〈大リーグにいちばん近い男〉が、ランナーのいる場面で、どんなバッティングをするのか。誰もがフトシのバットに注目した。

ガールチアはファースト・ランナーを目で牽制してから、クイック・モーションで高目に直球を投げ込んだ。初回は足で掻き回されたし、ツー・アウトだから、盗塁を警戒してピッチ・アウトしたのだった。ところが、猿田は走った。キャッチャーのヒデーヒスが高い球を半立ちで捕球して、そのままの恰好から、セカンドへ送球した。ヒデーヒスは強肩だ。ガールチアはマウンドでしゃがみ込んで、送球を助けながら、しめたと思った。どんぴしゃりに外してやったぞ。あの小人は、セカンドで憤死だ。スタンドからも猛烈な悲鳴があがっている。しかし、振り返ったガールチアは、猿田の走る姿を見て、息を飲んだ。猿田は直立歩行で走っていなかった。四本足で、弾丸のように丸くなって、セカンドへ疾走していた。スタンドは悲鳴ではなくて、歓声をあげていたのか。ガールチアがそれに気づいたときには、セカンド・ベース上で、クロス・プレーが展開されていた。

判定はセーフだった。

「なんてこった。〈ジャップ〉どころじゃないぞ。おれは何を相手に、ベースボールをやっているんだ」

ガールチアは立ち上がると、マウンドに唾を吐き捨てた。その動揺を、右バッター・ボックスのフトシは見逃してくれなかった。

「次のボールを狙うぞ」

フトシはきれいにセンター前に弾き返して、ホーム・ベースに猿田を迎え入れた。そして、続くバッターは二番の目黒だった。ガールチアは悪い夢でも見ている気がして、吐き気を覚えた。長いピッチャー生活で、こんな恐怖は初めてだった。

　ガールチアは自分の頭に思考停止を命じた。ファースト・ランナーのフトシに走られようがなんだろうが、もう知ったことか。これはベースボールではない。これはアメリカ本土からほど遠い、海の向こうの、日出国の、不思議なマジック・ショーなのだ。

　ガールチアは、目黒に初球からフォーク・ボールを投げた。しかし、目黒は球種がわかっていたようにバットに当てると、一二塁間にゴロを転がした。これにもヒット・エンド・ランが掛かっていたらしく、打球の転がった場所は、がら空きだった。ボールは転々とライトまで達して、フトシは楽々とサードまで進んだ。たちまち、ランナーは一塁三塁となって、一回裏の再現になった。

　ガールチアはマウンドにヒデーヒスを呼んだ。

「ファースト・ランナーが走っても、セカンドに投げないでくれ」

「わかった。ピッチャーのおまえに、速いボールを返すから、サード・ランナーが飛び出していたら刺してやれ」

　三番のＤＨの最愛には、ピンチ・ヒッター花井が出された。

「ホームランを打ったら、もう引っ込めちゃうのか」

　ガールチアは屈辱を感じながら、左バッター・ボックスの花井に、初球を投じた。やはり、ファースト・ランナーの目黒は走った。キャッチャーのヒデーヒスは、セカンドへ送球するふりをしながら、ピッチャーのガールチアへ強いボールを返球した。ガールチアはボールをグラブに収めると、すぐに右手に握り直して、サード・ランナーに目をやった。フトシはサード・ベースから、ほとんど離れていなかった。

「ガッテム」

　でも、ランナーが詰まっていれば、バッターに専心できる。しかも、先ほどホームランをかっ飛ばされたバッターではない。ガールチアは少し気を取り直して、「ジャップめ」と呟くと、花井に二球目を投げた。

39

三回の表が終わった。サイちゃんはここまでが予定投球回数だった。第二打席のイチローにタイムリー・ヒットを打たれて、一点を失ったが、失点はこれだけだった。

四回の表からは、河村がライオンズのマウンドに上がった。また、この回から、守備も大きく変更された。ショートには、トヨに代わって、若い梅田が入った。セカンドは、目黒に代わって、怪我の癒えた仰木が守った。センターには、猿田に代わって、やはり怪我が治った高倉がついた。

河村も三イニングを投げて、やはり一失点だった。六回を終わった時点では、西武士ライオンズがマイナーズを四対二でリードしていた。

しかし、メデビンタ新監督を始めとして、マイナーズの選手たちは二点差以上の得点差を感じていた。トヨも、目黒も、最愛も、猿田も、すでに退いているのだ。ペナント・レースだったら、彼らがベンチに下がることはないだろう。すると、この二点差は重い。我々は大リーガーなのに、逆に手玉に取られているのではないか。

メデビンタ新監督は、ラッキー・セブンの攻撃を迎えて、コーチや選手たちをベンチ前に集めた。

「たとえオープン戦でも、ジャップに負けたらあかん。大リーガー魂を見せてやりまひょ」

この回、西武士ライオンズのマウンドには、若生が上がった。マイナーズは、メデビンタ新監督の檄が功を奏したのか、若生から一点をもぎ取った。しかし、その裏、西武士ライオンズも、フトシの特大アーチが飛び出して、また二点差になった。

八回の表には、セット・アッパーの清が出て来た。西武士ライオンズの勝ちパターンである。しかし、フーンに一発を食らって、ふたたび一点差で、九回の表を迎えた。

マウンドには、西鉄の守護神の安部が上がった。足の怪我が心配されたが、決め球の安部ボールをバッターの足元に落として、五番のオットットを三振に、六番のキャメレオンをセカンド・ゴロに打ち取った。どうやら安部は完全復活していた。

一塁側のスタンドからは、「あとひとり」コールが湧き起こり、三塁側のスタンドからは、次は七番のシリコンなのに、「イヂロー」コールが自棄気味に生じた。

このとき、三原監督がタイムを掛けて、微笑みながら、マウンドへ向かった。

「なんだろう」

記者たちは、訝った。タイムを掛けるようなケースではない。しかし、筒見オーナーはＶＩＰルームで、にやりと笑った。

「石原さん、このあと、きょう一番の隠し球が出て来ますよ」

「あら、そうなの」


石原都知事は、意味が解らずに、適当に相槌を打った。

三原監督はベンチに下がるときに、キャッチャーの南にも、なにか一言声を掛けた。アンパイアがプレーと右手を振って、試合が再開された。

すると、スタンドから、おおっと声が上がった。キャッチャーの南が立ち上がったのだ。七番のシリコンに対して、三原監督から「申告敬遠」の指示が出たのだった。球場内は三原監督の作戦を忖度して大歓声に包まれた。八番のヒデーヒスにも、キャッチャーは立ったままで、三原監督から「申告敬遠」が通告された。三原監督の演出は明らかだった。オープン戦は勝ち負けではない。九回ツー・アウトで、満塁にして、一番のイヂローと守護神の安部を対決させようというのだ。しかも、得点差は一点だ。イヂローがヒットを打てばマイナーズの逆転だろうし、安部が抑えればこのまま西武士ライオンズの勝利だ。はたして、九番のフレームワイドにも、キャッチャーは立ち上がったままで、監督からは「申告敬遠」

の指示が出た。

球場は大騒ぎになった。観客の誰もが、この大一番を「生で観ている」現実に感動していた。記者席も大忙しだった。展開によっては、見出しががらりと変わる。誰か一人の記者が呟いた。

「いいのかね。これは、マイナーズを小ばかにしているぞ」

しかし、そんな呟きは、観客の大歓声にあっさりと掻き消された。

イチローはネクスト・サークルでバットを振りながら、いつだったか反対の立場を経験したなと思った。日本でプロ野球をやっていた頃の、オールスター戦だった。パ・リーグの監督が外野を守っていたイチローを手招きして、マウンドに立たせたのだ。観客は大いに湧いた。イチローは高校生のときは、ピッチャーだった。プロに入ってからも、ブルペンで遊びのつもりで投げても、常時一四〇キロ台後半の速球を投げられた。しかし、セ・リーグの監督は、バッターに無礼だと怒って、代打にピッチャーを指名してしまった。観客は失望の溜息をつき、イチロー自身は日本のプロ野球界に見切りをつけた。

40

三原監督がダッグ・アウトを出て、ふたたびマウンドの安部に近寄った。

「あれ、監督、二度マウンドに行っちゃったぞ」

「さっき行ったのを忘れているのかな」

記者席は、大騒ぎになった。

「規則で安部を代えなきゃいかんぞ」

三原監督は、安部の手から、ボールを受け取った。

「最初から、代えるつもりだったのだ」

「いったい、誰に」

場内は静まりかえった。誰もがウグイス嬢の声を、今か今かと固唾を飲んで待っていた。

「安部に代わりまして、ピッチャー愛葉。背番号12」

「愛葉って、誰だ」

記者席もスタンドも、ざわついた。そこへピッチャーを送り出すゴーカートに乗って、覆面選手がやって来た。彼はクルマから降りると、左足を踏み出すたびに、体全体が大きく左に傾いた。どうやら、これが愛葉というピッチャーだった。

愛葉はマウンドで規定の七球を投げ始めた。はたして、投球動作でも、左足を着地させると、左に大きく傾く。しかも、投げる球も、蝶でも止まるかと思われるほど遅い。

「ひどいね」

記者の一人が呟いた。

「三原監督は、なにを考えているのだ」

「大リーグをばかにしているよ」

「観客も、だよ」

「おれたち、記者も、だ」

記者たちは、三原監督を罵り始めた。

「せっかくの大特ダネが、台無しだ」

「あーあ。イチローがこんなピッチャーから逆転打を放ったって、当り前すぎて記事にもならん。本当に、監督は何を考えているのだ」


記者たちは、みんな首を捻った。

このとき、愛葉が七球を投げ終えて、アンパイアがプレーを宣言した。マイナーズのナインも、記者たちも、観客も、愛葉が第一ストライクを取りにいった瞬間に、勝負がつくと確信していた。みんなの頭の中では、すでにイチローがバック・スクリーンに逆転満塁ホームランを放っていた。

「押し出しのフォア・ボールだけは、やめてくれよな」

記者の一人が呟いた。それを耳にした別の記者が応えた。

「見出しが〈押し出し〉じゃあな」

しかし、イチローだけはバッター・ボックスで、違う感想を持っていた。

「ストレートが手元で急に伸びている。それに、小指くらいの変化をしている。気をつけないと、打ち損なうぞ」

イチローは日本でプレーしていたときのように、バットの先端をピッチャーに向けると、覆面の奥の目を睨みつけた。

「目が違う。なんだ、こいつは」

イチローはバットを引いて、構えに入りながら、妙な胸騒ぎを覚えた。しかし、ピッチャーが振りかぶったので、すぐに全神経をボールに集中させた。

愛葉は左足を着地したときに、やはり上体が左に傾いた。しかし、右腕はしっかりと振り切った。一三〇キロ台前半と思われる直球が、ど真中に入って来た。チャンス・ボールだ。イチローは思った。しかし、しめたとは思わなかった。投球練習のときよりもボールが速かったし、あの小指ほどの変化も気になった。なるべくひきつけて、コンパクトに振り切ろう。

今だ。

あっ。

イチローがバットを出し掛けたときだった。イチローの眼下で、ボールがすうっと消えた。イチローはそのまま鋭いスイングで、ボールの来るべきはずの軌道を叩いた。


当たらなかった。イチローのバットは、空を切った。東京ドーム全体が、しーんと静まり返った。

イチローはバッター・ボックスで、鳥肌が立つのを感じた。

「小指ほどの変化ではなかったのだ」

イチローはすぐにキャッチャーを振り返った。キャッチャーのミットは、イチローが想定した軌道よりも、三十センチくらい低い位置で捕球していた。

「とんでもないぞ」

イチローは胸の中で呟いた。

「消えるフォークだ」

このとき、キャッチャーがボールをピッチャーに投げ返した。

「ストライク！」

やっと、アンパイアが大声でコールした。

その瞬間、東京ドームに凄まじい歓声が湧き上がった。みんな、やっと我に返ったのだった。マイナーズの選手たちも、全員がベンチを飛び出して、愛葉を見つめながら口をあんぐりさせた。記者席では、どの記者も震える指でスマートフォンをプッシュして、本社のデスクと連絡を取り始めた。明朝のスポーツ新聞は、一面のトップがこれで決まりだった。いや、一般紙も、トップはこれだ。いずれにしろ、今夜の読捨ジャイアンツとアバズレチックスとのカードは、もうどうでもよかった。どだいワンちゃんに捨てられたジャイアンツなんて。

NHKの衛星放送では、消える魔球のビデオを繰り返し流した。

コマ送りで見ると、消える魔球は半熟卵の白味のように、ぼおっと写っている。解説者がそれを見て、イヂローが肉眼で気づいた現実を声高に述べていた。

「これは、ただの消える魔球ではないですよ。なんと申しましょうか、消えるフォークですよ、消えるフォーク」

愛葉が二球目を振りかぶると、球場全体が物音一つ立てずに、マウンドに集中した。二球目は外角低目ぎりぎりに来た。イヂローはそのボールが消えるやいなや、その高さからストンと落ちて、ワン・バウンドするとみなした。それで、出し掛けたバットをかろうじて、押し留めた。

ところが、キャッチャーを振り向くと、ミットはボールが消えた高さから、三十センチも上で固定されていた。

「今度は、消えて、浮いた」

イヂローは、全身が熱くなった。こんなボールを打ってみたい。日本球界に復帰するか。

アンパイアは、まだ判定を出さずにいた。イヂローがアンパイアに呟いた。

「ストライク、ですよ。消えた部分は軌道を想像しなさい」

「あっ、ストライク!」

アンパイアは、あわてて右手を上げた。たちまち、球場全体に大歓声が轟いた。アンパイアは、パ・リーグの審判部長から、〈投手の投げたボールが消えたとき〉という、マル秘文書が送りつけられていたのを思い出した。そこには、今イヂローが述べた見解と同様の内容が記されていた。そして、クレームがついたら、「私の目には見えた」と言って、突っぱねろとも。でも、読んだときには、「なんですか、これは。ばかばかしい」と思って、すぐに丸めて屑かごに放り込んだのだった。

イチローは、三球目はバットを出すことにした。このピッチャーはコントロールもいい。次のボールも、ストライク・ゾーンに投げ込んで来るだろう。三十センチ浮くか、沈むか、だ。山掛けで、沈む方で振ってみよう。

三球目は初球と同じで、ど真中に入って来た。イジローはそれをひきつけるだけひきつけて、ボールが消え始めてから、鋭くバットを出した。もちろん、消えた個所から、三十センチ下をスイングした。

空振りだった。浮き上がるボールだったのか。イチローはキャッチャーを振り返った。ミットはボールが消えた個所よりも、内角に二十センチくらい食い込んでいて、二十五センチくらい下に構えられていた。

「ストライク、バッター、アウト!」

アンパイアは、今度は景気よく叫んだ。また、その調子で、続けて大声を出した。

「ゲーム・セット!」

東京ドームにみたびの大歓声が湧き起こり、続いて一塁側からも三塁側からも大きな拍手が起こった。若い女性の観客の中には、涙を流しながら、立ち尽くしているファンも見受けられた。

イチローも、まだバッター・ボックスで立ち尽くしていた。今の消える球は、消えてからどう変化したのか。スライダーの軌道で、速度が落ちないのか。それならば、カット・ボールか。消えるカット・ボール、か。

もし消えるカット・ボールの左斜め下への変化が、投げるたびに多少でも違うのなら、これはもう金輪際打てっこない。でも、それならキャッチャーだって、捕れないはずだ。キャッチャーが捕球できている事実からすれば、なにか法則があるはずだ。なにか。

また、今は三球だけで終わってしまったが、今見た変化球以外の変化球はあるのか。さらに、これに直球を混ぜられたら……

　久しぶりだった。久しぶりに、イチローは体の奥底に燃えたぎるものを感じた。じつは、今回の日本での開幕戦が終わったら、静かにバットを置くつもりだった。でも、次の目的ができた。この消える魔球を世界で最初にヒットする！

　引退ではなく、来シーズンは本気で日本球界に復帰するか。いや、待て。この愛葉というへんてこりんなピッチャーが、逆に大リーグに来るかもしれないぞ。

41

　ヒーロー・インタビューが始まった。東京ドームの大観衆は、そのほとんどが球場に残っていた。誰もが、投打のヒーローである愛葉と最愛の声を聴きたくて、当事者の二人を待ち構えていた。

　しかし、お立ち台に立ったのは、違う二人だった。一人は三原監督で、もう一人は背番号78の垂れ目の中年男だった。

「監督、まずは大リーグからの勝利、おめでとうございます」

「ありがとうございます」

「九回の演出は、前から考えておられたのですか」

「まさか」

　三原監督は顔を横に振ると、にこにこと笑った。

「それにしても、バッターから見たら、とんでもないボールを投げるピッチャーですね」

「ええ。愛葉は公式戦でも抑えで使います。勝っている試合には、毎試合投げさせるつもりです。どうか、ファンのみなさん。所沢の西武士ドームに、愛葉を観に来てください」

　三原監督は帽子を脱いで、それを高く上げながら、スタンドを見渡した。

「観に行くぞ」

　あちこちから返事が返って来た。指笛も鳴らされた。ついで、スタンド全体が大きな歓声と拍手に包まれた。その音が静まるのを待って、インタビュアが質問を重ねた。

「監督。愛葉投手が、覆面をしているのは、なにか理由があるのですか」

「それは、こちらの、ドクター兼総合コーチに訊いてくれ」

三原監督は、右手で隣人を披露する仕草をした。

「エポック博士、でしたね。教えてください」

「肉体的な問題からです」

「と、言いますと」

インタビュアは、ここぞ、と食い下がってきた。

「プライベートな問題を話すつもりはありません。と言うのも、愛葉も、最愛も、目黒も、猿田も、南も、みんな重度のハンディ・キャップを背負っています。でも、野球を通しての懸命なリハビリの結果、我々は練習と言わずに、リハビリと呼んでいますが、五人ともが自分のハンディ・キャップを逆手に取って、ご覧のような素晴らしい選手にメタモルフォーゼしました」

「そう、人間的にも、この五人は素晴しいよ」

三原監督が横から口添えをしてくれた。

「日本のプロ野球も、目が離せませんね」

インタビュアが三原監督にマイクを差し出した。

「ええ。この新入団の五選手に、博士を加えた六人を、我々ナイン一同はエポック隊と呼んで、大いに期待しています」

三原監督は右手でエポック博士の左手を握ると、そのまま頭上高くに持ち上げた。下ろすと、また持ち上げて、それを二度、三度と繰り返した。目の前に控えていた数え切れないほどのカメラが、二人に向けていっせいにフラッシュを焚いた。スタンドでは拍手と歓声がふたたび大きくなって、耳が痛くなるほどだった。

42

ＶＩＰルームでは、筒見オーナーが石原百合子東京都知事から握手を求められて、両手で握り返していた。

「なにか、元気になりますね」

「ええ。日本球界にもう王選手は居ないし、日本経済の実態はどん底だし、アメリカはなにかにつけてキナ臭いですからね」

「エポック隊には、なにか人を惹きつける、新しい風を感じます」

そうか。都知事は若い頃にイスラム系の国に留学したのだったな。磨かれた反米の感性が、きっとエポック隊に、新時代の匂いを嗅ぎ取ったのだ。エポック隊は、時代の寵児になるぞ。筒見はますます嬉しくなった。

「どうぞ、西武士ドームにも、いつでも始球式に来てください」

「でも、あそこは埼玉でしょう」

「あっ、票には繋がりませんね」

二人は笑い合って、ＶＩＰルームを後にした。

第三章

1

ペナント・レースが始まった。

西武士ライオンズは、開幕戦の投影フライヤーズとの三連戦も、次の飯球ブレーブスとの三連戦も、ともに三連勝で、未だに負けを知らなかった。

ローテーション・ピッチャーのサイちゃん、河村、池永、若生、田中（勉）、郭の六人が、きっちりと六回まで投げて、先発の仕事をこなした。

七連勝のかかったゲームは、大阪ドームでの金徹バッファローズ戦だった。先発はサイちゃんだったが、直球が走っていなかった。初回にはアメリカの難波人と言われる三番の無頼アントにライト・スタンドへ運ばれ、三回には難波のマクガイアと呼ばれる四番の中村（糊）にレフト・スタンドへツー・ラン・ホームランを叩き込まれた。無頼アントも、中村（糊）も、先駆けスコアラーからの注意を守ったのだった。

「センターにだけは打つな」

サイちゃんは五回で、マウンドを下りた。一方、金黴バッファローズの先発は、若くてハンサムでジャニーズ系のハーフと言われるケーキ・鈴木だった。ケーキ・鈴木は直球も走り、落ちる球もコントロールがよく、五回まで西武士ライオンズを散発三安打で零点に抑えて、勝利投手の権利を手に入れていた。ケーキ・鈴木はご機嫌で、いつもの口癖を不得意な日本語で呟いた。

「投げたら、あかん」

キャンプ中にもこう言い放って、勝手に練習を切り上げたので、そのたびにピッチング・コーチからどやされたものだった。

でも、この言葉を真に理解しているのは、今シーズンの西武士の方だった。今シーズンの西武士は、前半で少々負けていても、ゲームを捨てはしなかった。六連勝のうち、四試合は逆転勝ちだった。

この夜も、エースが五回でマウンドを降りたのに、六回裏の金黴の一番からの好打順を、井上（善）、ジャンボ尾崎、畑の左右左の三投手で、一人一必殺の三者凡退に抑えた。

そして、七回の表にはフォア・ボールで出塁した九番の猿田が、たちまち四足走法で盗塁を決めると、一番の高倉がバンドで猿田をサードにまで進めた。すると、二番の目黒がライトに犠牲フライを放って、ノー・ヒットで一点をもぎ取った。

七回裏には、セット・アッパーの清が、フォア・ボールを一つ出して、そのランナーをワイルド・ピッチでセカンドまで進めたけれど、なんとか金黴の攻撃を零点に抑えた。

八回表の西武士の反撃は、ヒットとフォア・ボールでランナーを二人出したが、得点には結びつかなかった。金黴のケーキ・鈴木は相変わらず絶好調で、「投げたら、あかん」を繰り返し呟きながら、西武士打線を散発四安打の一得点に抑え込んでいた。

しかし、その裏の西武士は負けているのにも関わらず、惜しげもなく昨年のセーブ王、安部をつぎ込んだ。安部は金黴の攻撃をきっちりと三人で断ち切った。

九回表は、また猿田からの攻撃だった。金徹の関根監督は、ケーキ・鈴木の疲れを見抜いていた。

「投げさせたら、あかん」

しかし、ケーキ・鈴木には、彼の口癖とは裏腹に「先発したら、エースは完投するもの」という男の美学がある。

「長いシーズンを考えれば、代えづらいなあ」

関根監督は迷った挙句、九回もケーキ・鈴木で押すと決心した。

はたして、ケーキ・鈴木は監督の期待に応えて、この回の先頭打者の猿田を見逃しの三振に切って取った。フォーク・ボールが落ち過ぎて、ワン・バンドでキャッチャー・ミットに入ったのだが、アンパイアはストライクの判定だった。三塁コーチス・ボックスから、三原監督がすっ飛んで来て、猛抗議をした。しかし、判定は覆らなかった。

打順が一番に返って、右バッター・ボックスに、斬り込み隊長の高倉が入った。高倉はサウスポー・キラーだった。とりわけ、内角低目に入ってくる難しい球を、微妙に腰を捻る名人芸とも言える打法で、たびたびスタンドまで運んだ。

「ケーキと心中だな」

関根監督は目をつむった。

それでも、ケーキ・鈴木は高倉をワン・ツウと追い込んだ。キャッチャーの梨田は、次の四球目に、スライダーで内角高目へのボールを要求した。高倉をのけぞらして、その次に外角低目への直球で勝負だと考えた。

しかし、その外すつもりのスライダーが、ストライク・ゾーンに入ってしまった。高倉は見逃さずに強く叩いて、レフト前にクリーン・ヒットを放った。もう少し低かったら、高倉のホームラン・コースだった。キャッチャーの梨田は胸を撫で下ろした。

次は目黒だ。目黒もしつこいバッターだ。関根監督は心配で、ベンチの中で立ち上がった。でも、目黒にはよもやホームランはない。差は二点ある。ケーキ・鈴木の強運を信じよう。関根監督は自分に言い聞かせた。

　目黒は初球にサード前へセーフティー・バンドを試みた。サードの金村が、あわてて前進して来て、素手でボールを掴んだ。だが、このときには、もう目黒はファースト・ベースを駆け抜けていた。ランナーの高倉も、カバーの遅れたサード・ベースまで達していた。

「まずいんとちゃうか」

　関根監督がそう呟いたとき、三原監督は代打最愛を告げた。三番には初めトヨが入っていたが、守備で手首を軽く傷めたために、大事をとって梅田に代わっていたのだった。

　左ピッチャーのケーキ・鈴木に、あえて左の最愛か。これなら、ケーキ・鈴木の性格だ、「なめんなよ！　なめたら立つぜ！」とお下劣にもめらめらと燃えるぞ。関根監督はほくそえんだ。

　しかし、ケーキ・鈴木は疲れから左手の握力が衰えていた。初球の落ちる球が落ちずに、棒球となってど真中に入ってしまった。時間の限られている最愛が、初球の絶好球を見逃すはずもなかった。最愛は思い切りバットを振り抜いた。そのバットがボールをひっぱたいたときに、ぼぐっと鈍い音が聞こえた。打球は見る間に、右中間のスタンド深くに吸い込まれて行った。キャッチャーの梨田ががくっと片膝をついて、それからふと顔を上げると呟いた。

「なにか焦げたような匂いがする」

「確かに」

　アンパイアも応じた。

　いずれにしろ、土壇場で、西武士の逆転だった。

　すると、九回裏には、西武士の新ストッパーがマウンドに上がった。覆面投手の愛葉だった。

「たかが一点差でっせ、一点差！」

　金徹のベンチでは、関根監督が大声を張り上げて選手を鼓舞した。

「いてまえ、いてまえ」

　金徹は、三番の無頼アントからの攻撃だった。関根監督はクリーン・アップの一発に期待した。無頼アントはそれに応えようと、初球のど真中の遅い直球を強振した。結果は、ぼてぼてのセカンド・ゴロだった。目黒が難なくさばいて、ファーストの田中（久）に送球した。ワン・アウトだった。無頼アントはベンチに戻りながら、首を傾げて、得意な大阪弁で呟いた。

「どないなってんねん」

四番の中村（糊）は、バッター・ボックスでバットを見つめながら、神経の集中を図った。去年のシーズン・オフには、大リーグに行くの、セ・リーグに行くのと、球団やファンに迷惑をかけた。こういう場面でホームランを打ってこそ、わいのせめてもの恩返しや。

「狙いは、カウント稼ぎの、外角低目の直球だ」

すると、初球から、中村（糊）の待っていたボールが来た。しめた。ライト・スタンドへ、飛んで行け。中村（糊）はオープン・スタンスで、右に流す独特のスイングをした。

「あっ」

中村（糊）の眼下で、ボールがすうっと消えた。大阪ドームがどよめいた。


「これか。消える魔球は」

金徹ナインは、先駆けスコアラーから、ビデオを観せられていた。

消える魔球と言っても、本当は消えていないのだ。そうも聞かされていた。確かに、スローで観たときには、どろんとした白い塊が南禅寺卵の白味のように映っていた。しかし、こんな情報は意味がなかった。本当は消えていなくても、こうして肉眼では見えないのだ。さて、どう対処しようか。

中村（糊）が呆然としているうちに、愛葉が振りかぶって、二球目を投げ込んで来た。今度は内角低目に、一三〇キロ台と思われる遅い直球が入って来た。打つか。どうやって。中村（糊）が考えているうちに、眼下でボールが消えて、キャッチャー・ミットに納まった。

「ストライク！」

アンパイアが、右手を上げて、大声で叫んだ。すると、関根監督が血相を変えて、ベンチから飛び出して来た。

「どないして、ストライクやねん」

関根監督がアンパイアを怒鳴りつけた。岡本ヘッド・コーチもあわてて飛び出して来て、関根監督がアンパイアに手を出さないように、二人の間に半身を入れた。

「あんた、見たんか。ええっ？　今のボールは消えよったやろ。ストライクかどうか、わからへんやんか」

関根監督は、今にもアンパイアを殴りつけそうな勢いで、まくし立てた。アンパイアは落ち着いていて、マスクを外すと、関根監督に微笑んだ。

「もちろん、見えていますよ」

「えっ」

関根監督は大きく目を剥いて、アンパイアを見つめた。

「見える、ってか」

「ええ、当然です」

アンパイアは穏やかに頷いた。意外な答えだった。関根監督は拍子抜けがして、続く言葉を失った。そのまま肩を落として、すごすごとベンチに帰ってしまった。

「あれまっ。監督ったら」

岡本ヘッド・コーチは監督の背中に声を掛けると、ぺこりとアンパイアにお辞儀をして、それから中村（糊）に近づいて行った。

「頼むで」

岡村ヘッド・コーチは中村（糊）の耳元で、それだけ呟くと、やはりベンチに引っ込んでしまった。

「頼むで、ったって」

中村（糊）は茫然自失のまま、バッター・ボックスに入り直した。

「見えないボールは打てまへん」

試合が再開となって、愛葉が第三球目を放って来た。今度はど真中の直球だった。前の二球よりも、もっと遅い球だった。

「どアホめ。おちょくっとるな」

中村（糊）は胸中で叫んだ。

「わいがバットを出すと、ふうっと消えて、空振りになるんや。ほなら、見逃しの三振でええわい」

中村（糊）は覚悟を決めて、堂々と見送った。すると、ボールは消えないで、そのままど真中を通過して行った。

「ストライク。バッター、アウト！」

「なんちゅう、こっちゃ」

中村（糊）は自分の頭をバットの先でこつんと小突くと、小走りでベンチに戻った。

次は、五番の金村だった。金村はネクスト・サークルで、中村（糊）に対する投球を見ていて、一つの法則に気がついていた。

「ほんの少し遅い球は消える。恐ろしく遅い球は消えない」

それなら、恐ろしく遅い球を打って、男を上げてやろう。金村は自信満々でバッター・ボックスに入った。

「球技は、ほんま頭やで。IQの高いもんの勝ちや」

一球目が内角低目に入って来た。コースは厳しかった。でも、恐ろしく遅い球だ。

「しめた。これを見逃したら、あかん」

金村は軸足の右足に体重を残して、きれいなフォームで振り抜いた。ところが、バットの芯には当たらずに、打球はサードへの平凡な内野フライになった。

「ゲーム・セット！」

アンパイアが右手を上げて叫んだ。金村もバッター・ボックスで叫んだ。

「どないなっとるんや！」

結局、試合は4―3で、西武士ライオンズの逆転勝ちだった。

2

ヒーロー・インタビューが始まった。最愛と愛葉が呼ばれた。最愛にはあと三分ほど時間が残されていた。エポック博士が、ドクター兼通訳としてお立ち台の下につきあった。

「逆転のスリーランと完璧なリリーフ、お見事でした」

インタビュアがお決まりのせりふを言うと、マイクをまず最愛の眼下に突き出した。

「ありがとうございます」

最愛が、唾が邪魔して聞き取りづらい発音だけど、日本語で答えた。続いて、愛葉にマイクが向けられた。

「うっ」

愛葉が答えると、マイクはエポック博士の唇近くに差し出された。

「たぶん、ありがとうございます、と答えているのでしょう」

「最愛選手、打ったのは、どんな球でしたか」

アナウンサーが最愛の口元にマイクを戻した。しかし、マイクが拾ったのは、最愛のあくびの音だった。

「すみません。無動状態に入りますので、これで」

エポック博士はあわててインタビューを打ち切ると、最愛をお立ち台から下ろして、とりあえずベンチの長イスに腰掛けさせた。最愛はトカゲのようにまっすぐに前を見つめて、そのまま動かなくなった。その最愛にいくつもフラッシュが焚かれた。エポック博士がお立ち台の愛葉にタオルを手渡して、最愛の隣に立つように指示した。最愛が口端から涎を垂らすと、すぐに隣の愛葉が大柄な体を曲げて拭き取った。その瞬間を狙って、ふたたびフラッシュの総攻撃となった。

「ううっ」

愛葉が顔を背けた。エポック博士も思わず目をつむった。

「目黒のときは、フラッシュを規制しないとまずいな」

しかし、最愛は瞬きもしないで、まっすぐに前を見つめていた。

3

西武士ライオンズは、なかなか負けなかった。

ただ、西武士ドームや野外球場でのデー・ゲームのときには、目黒の名前が消えていた。しかし、目黒の穴は簡単に埋まった。高倉のあとの二番には、猿田が九番から上がって来て、器用なバット・コントロールを見せた。またセカンドの守備には、去年レギュラーを奪い取った仰木がついて、打順も去年と同じ九番に入った。

西武士が負けるパターンは二とおりしか考えられなかった。

一つは、先発ピッチャーが大崩れをして、前半で相手チームに大量失点を与えたときである。こうなると、最愛も代打で出て来なかったし、愛葉も投げなかった。目黒は仰木に代わったし、猿田も若い外野手の玉造に代わって、体を休めた。ただフトシは、二年連続の三十盗塁、三十ホーマーを狙っているから、九回まで出場し続けた。とはいえ、フトシはホームラン狙いの大振りに徹してしまうし、ピッチャー陣も敗戦処理の若手に代わってしまう。これではいくら今年の西武士でも、追いつけるはずがなかった。

でも、このようなゲームは、二週間に一試合あるかないかである。

また先発ピッチャーは大崩れすると、自分に腹を立てて、グラブを壁に投げつけたり、ベンチの長イスを蹴り上げたりするのが常だった。そして、ベテランだと、その後で決まって南を罵った。

「おまえのリードが悪い。おれは調子が悪かったのだぞ。それなのに、どうしていいときと同じリードをするのだ」

もう一つは、後半まで競っていながらもリードされているゲームで、しかもチャンスに出て来た代打の最愛が、あっさりと敬遠されたときである。そのあとのバッターにタイムリー・ヒットが出ないと、相手チームにそのまま逃げ切られてしまう。もちろん、最愛自身が凡打に終われば、それまでである。

しかし、このパターンに嵌まる試合も、二週間に一試合くらいしか起こり得なかった。

結果、西武士ライオンズは、ゴールデン・ウイークが明けても、まだ勝率が八割を超えていて、もうどう見ても独走態勢に入っていた。

4

筒見オーナーの目論見どおりに、西武士ドームは連日の大入り満員だった。多くのファンが、愛葉の消える魔球と最愛の一振りを観に来た。また、つうのファンは、目黒の天才的なプレーを楽しみに観に来た。

この傾向はビジターに出たときも変わらなかった。チケットは三塁側とレフト側のライオンズの応援席から売り切れて、しまいには内外野ともに満員になった。パ・リーグの他球団のオーナーたちは、いくら自分のチームが負けても、算盤を弾いては大笑いしていた。

「遅れてきたパ・ブル沸騰!」

「遅咲きの大輪、パッと開花!」

スポーツ新聞は、パ・リーグの盛況ぶりをこんな見出しで書き立てた。

テレビ中継も首都圏を中心に、読捨ジャイアンツ戦のように毎試合が放送された。しかも、西武士系列は専門の放送局を持っていないので、NHKを始め民放各社が放送権を獲得しようと凌ぎを削った。ついには、読捨ジャイアンツの放映料である一試合で一億円を超えて、一億五千万円の値がついた。というのも、ワンちゃんが抜けた読捨戦よりも、エポック隊が活躍する西武士戦の方が、視聴率が断然高かったからである。

また、西武士ライオンズ戦は、これまでのプロ野球中継とは、放送時間にズレがあった。八時から九時半がレギュラーで、十時までの延長ありと、遅いシフトだった。言うまでもなく、これは愛葉の消える魔球をリアル・タイムで画面に流すためだった。

全国の小学校では、授業中にあくびをする生徒が急増した。このため、地方の教育委員会では、児童が九時以降テレビを観るのを禁止する地域も出て来た。しかし、当然だが、その効果はなかった。

朝のワイド・ショーや女性週刊誌でも、エポック隊に話題を絞るようになった。〈ハンディ・キャップを逆手に取って〉が、中高年の心優しい主婦の涙を誘い、また男性中心の厳しい職場で働く若い女性の精神的支柱にもなった。

　瞬く間に、日本中の女性が、エポック隊の各人の生い立ちや半生を知る結果となった。

　反響は大きかった。たとえば全国のファンから、西武士球団気付けの目黒宛に、新品や中古のサングラスが山のように届けられた。おかげで、目黒は出来高払いの一億円を待たなくても、大量のサングラスを故郷の島へ贈ることができた。

　でも、猿田だけはベールに包まれていて、いつまでも謎のままだった。いくらマスコミが追いかけても、彼の実体には届かなかった。

　しまいには、こんな作り話が、まことしやかに流された。猿田は、生まれて間もなく信州の山に捨てられて、日本猿に育てられた。それで、あのように……

　ついには、その山を推し当てたという、民放番組までが流された。


　エポック隊の関連グッズも、生産が間に合わないほどに売れた。小学生にいちばん人気が出た商品は、白地や青地の覆面だった。ただこの覆面は、穴の開いている場所が一枚、一枚違っていた。買って袋を開けてみるまで、どんな覆面が入っているのか判らなかった。そこがまた小学生に受けて、お小遣いの限り、何枚も覆面を買い占めるのだった。

　教育委員会では、小学校内での恐喝や、小学生の万引きが増えるのではと危惧して、小学生が保護者なしにこの覆面を購入する楽しみを禁じた。

　しかし、筒見オーナーの予想に反した事例もあった。エポック隊の中で、最もキャーキャーと黄色い声が掛かるのは、南ではなかった。南はハンサムだけれど、マスク越しでは地味過ぎた。

　確かに、つうの野球好きの間では、南のファンも数が多かった。目黒と甲乙がつけがたいほどである。でも、つうはどの業界でも、人数的にはマイナーである。

　つう以外の南のファンは、年配の主婦層だった。

「あの、無表情が、たまらないのよ」

「トラウマだなんて。抱きしめてあげたい」

「おふくろの味を教えてあ・げ・る」

このようなファン・レターが、球団宛に届くのだった。

でも、ダントツの人気は、なんと猿田だった。猿田のぬいぐるみは、若い女性の必須アイテムになった。野球ファンではなくても、若い女性ならば、猿田のぬいぐるみを自分の腕にしがみつかせて街を闊歩した。歴史を知っている老人たちは、これを見て、二十世紀のだっこちゃんブームに思いを馳せた。しかし実際には、だっこちゃんブームよりも、人気は根強かった。

「腕に巻くと、ふわふわだし」

「撫でても、気持ちがいいし」

猿田のぬいぐるみは、全身が長くて柔らかい金色の毛で覆われていた。この触感が、大ブレークの素因だった。しかも、西武士デパートの独占販売で、ネットでも販売しなかった。この種の手に入りづらさが、ますますファンを増大させた。連日、西武士デパートの前には、前夜から長い行列が連なって、十時に開店するや即当日分完売、の状態が続いた。

最近では、東南アジアの国から、猿田のぬいぐるみの模造品が大量に密輸されて来た。しかし、これらは毛並みが黄色っぽく下品なのと、やや剛毛だったので、若い女性はすぐにそっぽを向いた。

また、数でもっと市場に出回ったのは、猿田のストラップだった。ストラップはぬいぐるみを小粒にしたもので、やはり感触がよかった。値段もぬいぐるみよりははるかに手ごろだし、西武士デパート以外でも手に入ったので、首都圏の女子高生でスマートフォンに、猿田のストラップをぶら下げていない子を見つける方が難しかった。

彼女たちは、マスコミのインタビューに、口を揃えてこう答えた。

「これを付けているとね、〈奇跡的なジャンプ・アップ〉ができるんだって」

この言葉にすぐに飛びついたのは、大手の某予備校だった。その予備校では、西武士デパートから直で、純正猿田ストラップを大量に仕入れて、夏期講習を申し込んだ受験生たちに無料で配った。

じつは、猿田のストラップは、その大手予備校と同じ理由で、中高年のサラリーマンにも、密かに出回りつつあった。彼らは背広の内ポケットに忍ばせていた。そして、職場で嫌な目に遭うと、トイレに駆け込んで、猿田のストラップを撫でながらぶつぶつと呟いた。

「奇跡的なジャンプ・アップ、奇跡的なジャンプ・アップ」

5

オールスター・ゲームが近づいた。

エポック隊からは、愛葉と猿田と目黒がファン投票で選ばれた。とりわけ、愛葉と猿田は、史上最多得票を塗り替えて、どちらが記録保持者になるかを競った。

結果は、猿田だった。投票用紙の外野手の欄には、三人の名前が書き込める。抑え投手の欄には、一人の名前しか書き込めない。この条件下では、どうしても猿田が有利だった。

「あの愛葉さんと、ぼくが最多得票をねえ」

猿田は春先のキャンプで、愛葉と二人で温泉に入ったときの衝撃を覚えていた。

「日本は、本当にいい国だ。愛葉さんとかぼくを気持ち悪がって、差別したりしないもの」

また、セ・パ両リーグの監督は、昨シーズンのリーグ優勝のチームから出す取り決めになっている。つまり、セ・リーグは読捨の水原監督で、パ・リーグは西武士の三原監督だった。マスコミは「水原・三原、巌流島の対決！」と騒いだ。

三原監督は、監督推薦で、南と最愛を加えた。さらに、エポック博士をドクターとして、白衣でベンチ入りさせる決定も下した。

6

オールスター・ゲームの初戦は、大阪ドームだった。

今年の一番の見所は、エポック隊がセ・リーグに通用するかどうか、だった。多くの解説陣は、無理だろうとの予測を立てていた。

「一流選手が抜けて、弱体化したパ・リーグだからこそ、ここまでの活躍ができたのだろう」

「去年の日本シリーズが、すべてを物語っているよ。西武士がパ・リーグで九十勝したって、セ・リーグに来れば、最下位の太陽といい勝負さ。そんな2Aみたいなリーグで活躍していると言ったって……」

しかし、セ・リーグの現場は、目の色を変えてぴりぴりしていた。彼らにとって、今年のオールスター・ゲームは遊びではなかった。セ・パ分裂後、初めて人気でパ・リーグに負けているのだ。

読捨の水原監督には、鍋常オーナーから至上命令が下されていた。

「エポック隊には、なにがあっても活躍させるな。我が読捨ジャイアンツが、人気と実力のトップでなければならない！」

水原監督は何日も悩んで、セ・リーグの最強メンバーを次のように決めた。一番柴田（中）、二番山本（浩）（左）、三番落合（一）、四番長嶋（三）、五番田淵（捕）、六番バース（ＤＨ）、七番掛布（遊）、八番岡田（二）、九番張本（右）で、先発ピッチャーは地元犯神の村山だった。

一方、三原監督はパ・リーグの先発メンバーを次のように発表した。一番フトシ（一）、二番目黒（二）、三番無頼アント（左）、四番ポンちゃん（右）、五番トヨ（遊）、六番ブーマー（ＤＨ）、七番中村（糊）（三）、八番梨田（捕）、九番猿田（中）で、先発ピッチャーは地元金徹のケーキ・鈴木だった。

7

読捨ジャイアンツの鍋常オーナーは、東京への移動中で、クルマの中でテレビ観戦をしていた。いつもは自軍の読捨戦しか観ないから、噂のエポック隊を観るのは初めてだった。

「なんだい、これは」

そう呟いたのは、一回表のセ・リーグの攻撃で、三番の落合がバットを振ったときだった。打球は鋭いライナーで、ピッチャーのケーキ・鈴木の脇を抜けて行った。誰が見ても文句なしのセンター前ヒットだった。ところが、切り替わったテレビ画面は、打球の正面に目黒が立ちはだかっている姿を映し出していた。目黒はさも平凡なセカンド・ゴロのように易々と捌いて、ファーストにボールを送ってアウトにしたのだった。

「あのサングラス男は、どうして最初からセカンド・ベースの後ろで守っていたのだ」

鍋常オーナーは首をひねった。昔日の王シフトじゃあるまいし、落合シフトなんて、聞いたことがなかった。だいいち、落合は広角打法が持ち味のバッターで、シフトなどは敷きようもなかった。

「テレビだと、球場全体の選手の動きが、掴めないからなあ」

一回裏のパ・リーグの攻撃が始まった。一番のフトシが、先ほどの落合とほぼ同じ場所に強いゴロを打った。しかし、セカンドの岡田は追いつくことができず、そのままセンター前のクリーン・ヒットになった。

「そうだよな。普通はこうだ」

二番は、サングラス男だった。鍋常オーナーは大きな声で叫んだ。

「こいつには、絶対に打たれるなよ」

しかし、目黒は初球を三塁線にスクイズした。サードの長嶋が突っ込んで来て、素手でボールを掴んだときには、もうどこにも投げられなかった。それどころか、フトシは、いっきにサード・ベースにまで達していた。掛布が不慣れなショートに入っていたので、一瞬サードのベース・カバーが遅れた。その隙を突いて、フトシがサードまで盗んだのだった。

「やってくれるね」

三番の無頼アントが、バッター・ボックスに入った。無頼アントは三塁コーチス・ボックスの三原監督を見て、口あんぐりした。なんとオールスター・

ゲームなのに、ヒット・エンド・ランのサインが出ているのだ。それも、初球からだった。

無頼アントは胸のうちで得意の大阪弁を使った。

「今晩はお祭りでっせ。三原監督ったら、そないに勝ちたいんやろか」

無頼アントは村山の内角低目への直球を思い切り引っ張った。打球は一二塁間をゴロで抜けて行き、典型的なヒット・エンド・ランの成功だった。

「ちょっと、待てよ」

クルマの中で、鍋常オーナーは唸った。画面の表示が2—0と出たのだ。

「点数が間違っているぞ。いったい、どこの局だ」

しかし、ビデオ・テープで今のプレーが再現されると、鍋常オーナーはふたたび唸らなければならなかった。三塁ランナーだったフトシのすぐ後ろに、一塁ランナーだったサングラスの男が居て、続けざまにホーム・インしていたのだった。

「そんなばかな」

このサングラスの男は、セカンド・ベースをちゃんと踏んでいるのかな。まさか三角ベースと勘違いして、いきなりサードへ走ったのではあるまいか。

しかし、水原監督は抗議に出て来なかった。アナウンサーも、解説者も、三原監督の思い切った采配を褒めちぎるだけだった。

鍋常オーナーは、忘れられない嫌なシーンを思い出した。一九八七年の巨人対西武士の日本シリーズだ。センター前へのシングル・ヒットで、一塁ランナーの辻が一挙にホーム・インした事例だった。

「オールスター・ゲームで、いきなりヒット・エンド・ランとは、三原監督も勝つ気ですねえ」

三原監督は、腹の底で笑っていた。じつは、ほんの遊び心で、無頼アントを騙したのだった。目黒の場合は、ランナーに出れば、いつでもヒット・エンド・ランなのだった。目黒の動態視力と運動神経ならば、バットとボールが当たった瞬間に、どこにどういう打球が飛ぶかを判断して、次の塁へ走り出したり、戻ったりする。バッターが空振りしたときだって、いち早く見抜いて、そのまま盗塁したり、戻ったりする。

　だから、目黒はいつでも完璧なランナーなのだ。完璧なランナーに、監督のサインは要らない。

8

「三原さん、無頼アントが悩んでまっせ」

　一回裏の攻撃が終わって、三原監督がベンチに戻ると、大きながらがら声が飛んで来た。

　三原監督が声の主に顔を向けると、難解の鶴岡監督がにやにやと笑っていた。鶴岡監督は、金徹の関根監督とともにコーチ役で、ベンチ入りしている。

「ほら」

　鶴岡監督の指差す方に目を遣ると、レフトで無頼アントがなにかしきりにぶつぶつと言っていた。

「ヒット・エンド・ランが、こない上手くいきよるなんて、わてかて信じられへん」

　鶴岡監督が、無頼アントの声音を真似してしゃべり始めた。するとこのとき、無頼アントが両腕を組んで、首を大きくひねった。


「ほんま、わかりまへんわ」

　鶴岡監督がダメを押すと、ベンチの選手たちが、どっと笑った。

「三原さん、無頼アントをからかい過ぎでっせ」

「なんのことやねん」

　関根監督が口を突っ込んで来た。三原監督は関根監督に向かって、笑いながら答えた。

「ツルさんから、叱られてしまったよ。オールスターで、ヒット・エンド・ランのサインなんか出すな、って」

「ほんまやで。お祭りなんやから、しゃかりきになったら、あかん」

　関根監督がそう答えたので、三原監督と鶴岡監督は視線を合わせて、目で微笑み合った。この二人の監督は、同じ考えを胸のうちで思い浮かべていた。

「関根監督は、目黒の凄さを未だに解っていない」

9

　二回表になると、パ・リーグはバッテリーを杉浦

—野村の難解勢に代えた。杉浦は旧友長嶋、若き大砲田淵を打ち取って、六番のバースを打席に迎えた。杉浦はバースの体を起こすために、内角高目にボールになる直球を投げた。バースは踏み込んで打とうとしたので、これをのけぞってよけた。

「なにしはるねん。しばいたろか」

バースはマウンドの杉浦を睨みつけて、マウンドまで聞こえる大きな大阪弁で注文をつけた。紳士の杉浦は縮み上がって、尿意を催した。しかし、キャッチャーの野村は、向こうっ気が強かった。バースに聞こえるように、独り言を呟いた。

「もう一丁、内角やで。こない球、よけれんバッターがアホや」

「なんやと」

バースが振り向いて、マスクの奥の野村の目を睨みつけた。野村は平然と呟き返した。

「サインを盗み見るのは、卑怯者やで」

「プレー・ボール！」

アンパイアがあわてて、二人の間に割って入った。

しかし、ピッチャーの杉浦はびびりまくって、両手両足が震えていた。野村のサインは強気で、初球と同じ内角高目の、バースをのけぞらせるボール球だった。

「もしぶつけたら、どないなるんやろ」

杉浦は腕が縮こまって、ど真中に投げてしまった。バースはにやっと笑って、バットを強く振り抜いた。十二分な手応えがあった。バットの真芯でボールをとらえたのだ。打球は一直線に、バック・スクリーンに飛んで行った。

「やったあ」

クルマの中で、鍋常オーナーは、セ・リーグのために喝采した。テレビ画面では、早くもバースがガッツ・ポーズを決めていた。

ついで、別のカメラが、背走するセンターをとらえた。センターはフェンスに駆け上ると、フェンスの上で大きく飛び上がった。

「出ました。パ・リーグ名物、猿田のジャンプ・アップです。いわゆる、ひとつの、奇跡的なジャンプ・アップです」

アナウンサーは球場内の大声援に負けないように、マイクに向って大声で怒鳴った。

センターは空中でグラブを差し出すと、そのまま外野の人工芝にダイブして来た。頭からでんぐり返しをして、立ち上がると、グラブを頭上高くに掲げた。セカンドの審判が、急いで猿田の近くまで駆け寄った。そして、グラブの中の白い物を見て取ってから、右手を上げて、その親指を立てた。

バースはホーム・ベースの近くで、ガッツ・ポーズのまま、フリーズして彫刻になってしまった。

「アウト、だよーん」

野村が明るい声で、挑発的に言った。でも、バースはセンターを見据えて、口を半開きにしたままだった。

「アウト！」

アンパイアがバースの近くまで出向いて、そこで大声を出した。すると、バースははっとして、それから頷くと、すごすごとベンチに引き下がって行った。テレビ画面は、その一部始終を映し出した。

「格好悪いな」

鍋常オーナーは舌打ちをすると、テレビを消してしまった。

「なるほど。エポック隊か。今から、日本シリーズ対策をしんけんに考えないとまずいな」

鍋常オーナーは両腕を組んで、うーんと唸った。

「なんだ、テレビを消しちゃうのか」

そのクルマの運転手は、内心で舌打ちをした。

「オーナーを早く送り届けて、とっととうちに帰ろう。まだ消える魔球に間に合うかも知れん」

10

五回裏が終わって、グランド・コンディションを整えているときだった。一塁側のベンチでは、三人の監督が立ち話を始めていた。内容はクライマックスシリーズを導入するかどうかだった。

「うちは、やってもやらなくても、どっちでもいいよ」

三原監督は自信満々に答えた。

「どっちに決まっても、受けて立つさ」

「でも、下位球団からは、反対の声が上がっているんやろ」

鶴岡監督がぼそぼそとぼやくように呟いた。

「そやな。二位と三位が先に戦って、勝った方が、一位と戦うのやろ。下位チームは関係あらへんもんな」

関根監督が頷きながら言った。

「それだけじゃおまへん。クライマックスシリーズのために、公式戦が少なくなるんやで」

「あっ、そやな。西武士戦が減る分だけ、球団としては減収やな」

うーん。関根監督は、腕組みをして、首を傾げた。

「クライマックスシリーズなんて、意味ないで。そんな小手先のシステムだけを変えはったって、集客力は上がらんで。素人には決して真似ができんような、ファイン・プレーの連続こそが、見せて銭を取る、職業野球なんや。それで、客を集めるんや」


鶴岡監督は、三原監督を見据えながら、がらがら声で言った。

「ツルさんがそう言うと、説得力があるね。なんて言ったたって、ツルさんは、うちのフトシを敬遠しないもの」

「フトシの打棒は、見応えがありまっしゃろ。パ・リーグの華や」

「おおきに」

三原監督が頷きながら答えると、関根監督もあとに続いた。

「ほんまや。野球は団体競技やけれど、個人技で見せな。去年まで読捨ジャイアンツには、ワンちゃんがおったやろ。あのフラミンゴ打法でのホームラン量産は、よう客を掴みよった。日本プロ野球界の黄金時代や。でも、わてらパ・リーグは、淋しい思いばかりや」

「いや、今季からは、西武士中心に、パ・リーグの黄金時代やねん」

「そやな。エポック隊は、なにわでもごっつい人気やで」

11

八回の表裏が終わって、パ・リーグが8―2でリードしていた。最愛も七回裏に代打で出て来て、ライト・フェンスに直撃の二点タイムリー・ヒットを放った。

九回表のセ・リーグの攻撃は、五番の田淵からだった。パ・リーグのピッチャーは、この回から居酒屋兆治こと村田兆治がマウンドに上がった。セ・リーグは田淵に、ピンチ・ヒッターの高田を送った。高田は居酒屋兆治の三球目をきれいにレフト前に運んだ。

しかし、六番はバースではなかった。バースは第一打席のあと、ベンチに戻ってから急に熱を出して、わけのわからない日本語をぶつぶつと呟き続けた。

「あのお方は、猿神さまやで。猿神さまや！」

「少し、休ませた方がいいぞ」

犯神の吉田監督が、バースをあごでしゃくりながら、トレーナーにそう言いつけた。

「控室で寝かしておきまひょうか」

トレーナーが水原監督の顔を窺った。ちょうど二回表の攻撃が終わって、DHのバース以外の先発メンバーは、各々の守備位置に散ったところだった。

水原監督はうーんと唸ってから、そうしてくれと頼んだ。

「バースの奴、かわいそうになあ。あの打球を捕られて、よっぽどショックだったのだな」

すると、大リーグ帰りのマーシー村上が、ベンチの中央でふんぞり返りながら呟いた。

「あの悪ガキ、バースが、かよ」

その言葉を耳にした何人かが、くすりと失笑した。水原監督は聞こえなかったふりをして、ベンチを出て行くと、早速アンパイアに告げたのだった。

「六番、DHは川上」

九回も、川上がそのままバッター・ボックスに立った。川上は初球にいきなりセーフティー・スクイズを敢行した。打球はファースト方向に絶妙に転がった。川上も、セ・リーグのベンチも、観客も、誰もがこれは内野安打で、ノー・アウト、一塁二塁になると思った。しかし、いつのまにか、打球の前に目黒が来ていた。目黒は素手でボールを拾うと、振り向きざまにセカンドへ送球した。そこには同じチームのトヨが、すでにベース・カバーに入っていた。トヨはそのボールを捕球するや、滑り込んで来るランナーのスパイクを避けながら、ファーストにジャンピング・スローを試みた。

たちまち、ダブル・プレーが成立して、ツー・アウトでランナーなしと局面が変わった。

「銭になりよるわ」

鶴岡監督が、ベンチで微笑んだ。

「でも、うちと戦うときは、やめてや」

関根監督も笑いながら言った。でも、ふと笑顔を消して、付け足した。

「やめたら、客が入らへんな」

「そや。今我々に求められてんのは、あれ以上のプレーや。選手たちは、血を吐くほど練習せんとあかん」

「でも、わてらがどない一本足を練習したかて、ワンちゃんのようにはホームランを打てんやろ。練習だけではプロの超一流の壁は、どうにも越えられないんとちゃうか」

「でも、才能のあるなしなんて、誰にもわからんよ。本人にだって解らへん。そないよって、どの選手にも、機会均等に門戸開放して、熱烈練習させるしか道はあらへん」

「なんかその中国語、使い方が間違ってへん？」

三人の監督は、同時に吹き出した。でも、三原監督はすぐに笑顔を消して、ベンチを出ると、アンパイアにバッテリーの交代を告げた。

「ピッチャー、愛葉。キャッチャー、南」

場内アナウンスが、それを告げると、球場全体がわっと盛り上がった。

左バッター・ボックスに、代打の下手ジーニが入った。すると、三塁側の最前列の観客席で、一人の年配の白人女性が大声援を送り始めた。「下手ジーニー！」と叫んでいる以外は、なにを言っているのか、周囲の観客には言葉が解らなかった。

愛葉が振りかぶって、上体をぐらりとさせながら、一球目を投げた。外角低目に遅い直球が入って来た。下手ジーニはすぐに見逃す決意をした。ピッチャーの鋭い腕の振りと、そこから繰り出された遅い直球が、そぐわなかったのだ。ところが、その遅い直球は下手ジーニの眼下でふっと消えた。

「これが、消える魔球か」

「ストライク！」

アンパイアが右手を上げた。

うん。いいものを見せてもらった。野球をやりに、わざわざ海を渡って、地球の裏側の日本まで来てよかった。これは一生の記念だ。下手ジーニはそう思った。

ところが、三塁側の最前列に居た白人女性が、両手で拳を作って、怒鳴り始めた。下手ジーニがその女性に顔を向けて、首を横に振った。すると、その大柄の女性は立ち上がって、フェンスを攀じ登ると、グランドに乗り込んで来てしまった。

彼女は脇目もふらずに、アンパイアの所へ駆けつけて、アンパイアの目を指差しながら怒鳴りまくった。しかし、アンパイアも、首を傾げるだけだった。下手ジーニはバットを両足で挟んで、首を横に振りながら肩をすくめた。

二名の球場係員が、すっ飛んで来て、この女性の両腕に自分たちの片腕を左右から巻き付けた。女性は体をゆすって、それを振りほどいた。二名の球場係員は、今度は両手で彼女の腕を掴むと、そのままグランドの外に引きずり出そうとした。すると、その女性は両目をかっと見開き、口を大きく開けて、「オー・ノー！」「セクス・ハラスメント！」「ミー・トゥー！」と喚き散らした。

すると、いきなり下手ジーニも怒り出した。アンパイアにけたたましくなにかを言い寄ると、バットをホーム・ベースに叩きつけて、真っ二つに折ってしまった。

「退場！」

アンパイアが宣言した。下手ジーニはアンパイアに詰め寄って、今にも殴り掛かりそうだった。三塁側のベンチから、水原監督とコーチ役の与那嶺監督が飛び出して来て、下手ジーニとアンパイアの間に自分たちの体を滑り込ませた。

「オールスター・ゲームで、退場処分なんて、なんと申しましょうか、さっぱり記憶にございませんね」

解説者の小西得郎が、マイクに向かって、首をひねった。

「それにしても、下手ジーニは、なにを怒ったのでしょうねえ」

アナウンサーも、言葉に詰まった。そこに、リポーターから、助け舟が入った。

「どうやら、さっきのご婦人は、下手ジーニ選手の奥さんのようです。下手ジーニ選手が怒ったのは、球場係員が奥さんの体に触れたからのようです」

「ありがとうございます。下手ジーニの奥さんだったのですか。すると、オルガン夫人ですね。下手ジーニよりも、二十五歳年上の」

「年齢に触れると、放送席まで、殴り込みをかけられますよ」

解説者の小西が笑いながら、アナウンサーを諌めた。

「失礼しました。そのとおりです。何歳年上でも……」

「ほら、また」

「あっ、はい。ところで、オルガン夫人は、なにを怒って乱入したのでしょうねえ」

小西は、なにも答えなかった。

「失礼しました。小西さんは野球解説者であって、女性解説者ではありませんでした」

そこへまた、リポーターの助けが入った。

「オルガン夫人は、なんで見えないボールがストライクなのか、と抗議をしたようです」

「なるほど。どうです、小西さん」

「いや、大毎の濃人監督から聴いた話ですが、そう抗議すると、どのアンパイアも口を揃えて、見えたと断言するようですよ」

「プレー」

アンパイアが右手を上げて、試合が再開された。

バッター・ボックスには、退場になった下手ジーニに代わって、読捨ジャイアンツのキャッチャー森が入った。水原監督は、森を手招きして、耳元で囁いた。

「日本シリーズ用だ。キャッチャーの目で、愛葉の消える魔球の軌道をよく見ておけ」

森は一球目を見逃した。なんの変哲もない遅いボールが、消えもしないで、外角低目に決まった。先の下手ジーニのカウントと合わせて、ツー・ストライクになった。森は打ちたくて、三塁のコーチス・ボックスに立っている水原監督を見た。水原監督は森と目が合うと、大きく頷いた。「そうだ、森。見送れ」ところが、森はこれを打ってもよしだと一人合点した。

次のボールが来た。内角低目に、やはり遅い直球だった。しかも、今度も手元に来ても消えなかった。

森は鋭くバットを振った。しかし、結果はぼてぼてのショート・ゴロだった。

「ゲーム・セット！」

森はベンチに戻りながら、ぶつぶつと言っていた。

「変だなあ。バットの芯で捉えたと思ったのに」

そこへ水原監督の罵声が轟き渡った。

「ばかやろう。見ておけって、言っただろう。なんで振ってしまうんだ！」

12

後半戦が始まった。エポック隊で、夏負けする者はいなかった。それもそのはずで、どだい常夏の島ロタで、リハビリに野球を使ってきた連中だった。真夏になればなるほど、元気いっぱいのプレーを見せるのだった。

「日本の夏は気温だけじゃないですよ。湿気が半端じゃない。乗り切れますかね」

ゴールデン・ウイークの頃に、野球評論家の一人が、エポック博士に訊ねことがあった。

「なあに、グァムやロタの湿気の方が、もっと手強いですよ」

「でも、あの辺は、リゾートの島々なのでしょ」

その野球評論家は首を傾げた。エポック博士は笑いながら、簡単な説明に及んだ。

「ミクロネシアの島々は、ハワイ諸島などとは違うのですね。いずれもミクロの島ですから、蒸発した海水が、島の上空を覆って、空気を重たくするのです」

「はあ」

「まあ、観ていてください。エポック隊は、ジジイの私も含めて、みんな夏男も夏男、常夏男の熱男ですから」

その言葉どおりの大活躍だった。

13

エポック隊が夏に強ければ、当然西武士ライオンズも夏バテの気配を見せなかった。勝って、勝って、勝ちまくり、独走街道を驀進した。八月の初めには、もうマジックが点灯して、優勝争いに興味を持つファンは居なくなった。

しかし、それでも、西武士の試合は満員になった。ホーム・ゲームも、ビジターも、チケットはプラチナと称された。


パ・リーグの球団関係者たちは、この現象を見て呟いた。

「ファンは贔屓チームの勝ち負けが絶対ではなかったのだ。個々の選手の優れたプレーを観たいのだ」

「そうか。なんとなく未来が見えて来たぞ」

「うん。この分なら、パ・リーグは、空洞化しないな」

14

八月に入って、エポック博士は、あるテレビ局のトーク番組に招かれた。

「シーズン中ですから」

これまではこう言って、出演依頼をすべて断ってきた。

しかし、この番組のデレクターは執拗だった。八月六日の広島の原爆記念日に、特別番組として放送したいと言う。

「スタッフもですが、それ以上に、司会の白柳哲子さんが、ぜひエポック博士にお話を伺いたい、と」

「白柳さんの番組なのですか」

「ええ、そうです。『特別番組・哲子の部屋』です」

エポック博士も、白柳哲子の名前は以前から知っていた。ユニセフの親善大使として、世界の不幸な子供たちに手を差し伸べている。エポック博士は、白柳哲子の姿勢に、親近感を抱いていたのだ。

「白柳さんが、私と対談したいと望んでくれたのですね」

「ええ。ぜひに、と」

「解りました。球団の許可が取れたら、出演させて戴きます」

「あっ、西武士球団からは、もう許可を戴いております」

15

エポック博士は、迎えに来た放送局のクルマで、撮影の三十分前にスタジオに入った。受付で担当デレクターの名前を口にすると、彼はすぐに現れて、挨拶もそこそこに化粧室に連れて行かれた。

「男でも、化粧をするのですか」

「ジェンダー的に、ひっかかる質問ですねえ」

「失言です。すみません」

エポック博士は顔を真っ赤にして、ぺこりと頭を下げた。デレクターは冗談ですよと笑ってから、付け足して言った。

「もちろん、男だって化粧をします。画面にいきいきした表情を映すためです」

「はあ」

エポック博士は顔にドーランを塗りたくられ、頬紅をさされて、挙句には口紅さえ薄く引かれた。

「まいったな」

エポック博士は目の前の鏡を見ながら、胸のうちで舌打ちをした。なんか、本当の自分を覆い隠して、嘘をつく気分だな。愛葉も覆面をかぶると、こんな気分に陥るのだろうか。

「では、スタジオに入りましょう」

「まだ時間前ですが」

「いや、もう白柳さんも見えていますから、どんどんやっちゃいましょう」

エポック博士は違うフロアーに連れて行かれた。すると、確かにそのスタジオには、『哲子の部屋』のセットが施されていた。

「どうぞ、ここに坐っていてください」

エポック博士は、折りたたみのパイプ・チェアーを勧められた。

「おーい、白柳先生を呼んで来てくれ」

「もう、来ているわよ」

白柳哲子が、独特の高い声を早口で響かせながら、スタジオに姿を見せた。


「大きな声を出して、エポック博士に失礼じゃない。ねえ」

「いや、そんなことは」

「許してくださいね。テレビの人たちは、がさつだから」

「すみませんね」

デレクターが頭を掻きながら、笑顔のままで謝った。

「さっそく、本番に入っても、いいですか」

「かまわないことよ。博士、よろしいですか」

「はあ」

エポック博士は、どきどきした。左目をつむると、頭を右肩に乗せて、それから元のまっすぐの位置まで跳ね上げた。

デレクターが手短に段取りを説明し始めた。白柳が先に一人で画面に出る。しばらくゲストの紹介をする。そのあとでエポック博士の名前を呼ぶ。そしたら、カメラの前に出て行って、ソファーに腰掛ける。あとは白柳哲子の質問に自由に答えてかまわない。

「じゃあ、本番。五秒前、四秒前…」

16

エポック博士は、すっかり舞い上がってしまった。なにを訊かれ、なにを答えたのかも、ちゃんとは覚えていなかった。

放送当日の六日には、福岡ドームでナイターの難解ホークス戦が組まれていた。移動日は翌日だったので、試合が終わったあと、ホテルに戻った。すると、球団職員が一枚のブルーレイ・ディスクを手渡してくれた。

「エポック博士、なかなかのテレビ写りですよ」

エポック博士は顔を赤らめて、同室の南を部屋から追い出した。

「頼む。誰かの部屋に、三十分だけ行ってくれ」

エポック博士は、一人でこっそりと自分が出演したテレビ番組を観始めた。

「ハンディを逆に利用するっていう、その発想が素晴らしいわ」

白柳哲子が、こう口火を切っていた。

「世界には、地雷で両足を失くした子供たちとかが、大勢いるじゃない。だけど、その子たちが、博士の逆転の発想を知ったら、とっても勇気付けられると思うの」

「はあ」

「だから、野球だけではなくて、サッカーなどでも、博士の逆転の発想をやれないかしら」

「はあ」

「サッカーの方が、競技人口が多いのよ。ボール一つで、簡単に遊べるでしょ」

「はあ」

「もしサッカーが無理なら、エポック隊のみなさんもイヂローさんやワンちゃんみたいに、世界に飛び出して欲しいわ」

「はあ」

エポック博士は、ここまで「はあ」としか答えていない。素人丸出しの、なんていう無粋、なんていう唐変木だ。エポック博士はテレビの中の自分を殴りつけたくなった。司会の白柳哲子は、さぞや苦々しく思っていただろう。

「大リーグでプレーなされば、今よりももっとたくさんの、世界中の子供たちが目にして、みんな元気づけられると思うのよ」

「はあ」

「ところで、エポック博士。博士はどうしてこんなすばらしい逆転の発想を身につけたのかしら」

白柳哲子は、次から次へとぽんぽんとしゃべってくる。彼女の頭の回転と舌の回転の速さは、天下一品だった。そして、なんとかエポック博士に口を開かせようと工夫している。

「えっ」

「ですから、どうしてなの」

テレビのエポック博士は、一瞬表情がなくなって、言葉も出て来なかった。スタジオがしーんと静まり返った。

そうだった。エポック博士は本番当日を思い出した。このとき、デレクターが、カットと叫んだのだった。

でも、テレビの中のエポック博士は、いきなり口を開いた。

「じつは、私は東ドイツで生まれたのですね」

前と関連のない話題だった。もちろん、テレビのエポック博士がこんなとんちんかんな話を始めたのは、ここで一度カットされて、あとで話したシーンと繋ぎ合わされているからだ。それにしても、ひどい上がりようだ。ここまでひどいとは思ってもいなかった。博士自身も改めてびっくりした。きっとデレクターも他に繋ぎようがなかったのだろう。はたして、テレビの中のエポック博士は、訊かれてもいない、自分の生まれの話を止めなかった。

「父親はジプシーなのです。母親が日本人でした」

「まあ」

白柳哲子が大きく両目を見開いた。その顔がアップになる。

「初めてお伺いしましたわ」

「ええ。初めて話しています。それで、子供の頃、五年間ほど日本に住んでいました」

こんなことまで、話したのか。エポック博士は身の縮こまる思いがした。

「五年間、ですか」

「ええ、家庭が複雑でして」

エポック博士は、ここで言葉を区切った。白柳哲子が微笑みながら、口を開いた。

「いいのですよ。お話ししたくない話題は、おっしゃらなくても」

「いや、七歳からの五年間です。でも、日本の小学校を卒業する一年前に、母親が再婚する決断をして、自分は父の許に帰されました」

「東ドイツですか」

「そのときは、父はアメリカでした」

エポック博士は、テレビ画面を観ながら、舌打ちをした。話題がリンクしていない。そうですと答えておけばよかった。

「まあ。じゃあ、そのジプシーのお父さんと一緒に、世界中を回られたのね」

「ええ、そういう子ども時代です」

テレビのエポック博士は、にこりと微笑んだ。

「そのときに、この逆転の発想を身につけられたのね。それは、どこの国にいらしたときだったの」

「いや、日本、です。母と暮らした五年の間に、です。ある思い出が元になっているのです」

なんと偉そうに。エポック博士は、ホテルの部屋で、恥ずかしさのあまりに叫び出したくなった。

「まあ。素敵な思い出なのかしら」

「いや、母は実家に居られなくなって、私を連れて飛び出したのですね。母は京浜工業地帯の町工場で、住み込みのお手伝いさんとして働き始めたのです」

「まあ。お母さまも、ご苦労をなされたのねえ」

「いや、母の話はいいのです」

なんて生意気な奴だ。今度は会話の頭で、「いや」を連発している。

「そこの町工場に野球チームがあって、毎週日曜日になると、工員さんたちは、近くの多摩川の土手に、草野球をしに行くのです」

「エポック少年は、応援に行ったのね」

白柳哲子は、両手でお結びを握る所作をした。

「お弁当とか持って」

白柳哲子は、話題を母親に持って行きたそうだった。しかし、テレビのエポック博士は、そんな彼女にまるで頓着せずに、草野球の話を続けた。

「草野球なのに、組織立った野球連盟がありましてね、地元の信用金庫がスポンサーになっていて、三千チームくらいが加盟していました」

「まあ。三千チームも。凄い数ね」

どうやら、白柳哲子も、母親の話をあきらめて、草野球で行く気になったらしい。

「その頃の日本って、野球とプロレスと映画くらいしか、娯楽がなかったでしょ」

テレビのエポック博士が、静かに笑った。やけに落ち着いた笑いに見えた。でも、ホテルの部屋で、エポック博士は首を傾げた。この笑いも記憶がない。


きっとこのときも、すっかり舞い上がった状態だったのだろう。

白柳哲子も、なにかを思い出すように頷いて、それから微笑んだ。

「そうそう。街頭テレビとか、そんな時代がありましたねえ」

「で、春と秋に、この野球連盟の大会があるのです」

ホテルのエポック博士は、一人で溜め息をついた。テレビのエポック博士が、また勝手に話題を進めている。

白柳哲子が、すぐに補ってくれた。

「お母さまがお勤めの町工場は、野球が強かったの」

「まあまあ、でしたね」

エポック博士と白柳哲子は、互いの顔を見つめながら、なんとなく微笑み合った。

「その三千チームの中に、いつも三位以内に入る強豪チームがあったのです。そこのエースが、誰も打てないようなボールを投げ込むのです」

あっ、この辺は、記憶にあるぞ。エポック博士は、少しほっとした。

「まあ。プロのピッチャーさんのように、目にもとまらない速いボールをお投げになるのね」

「いや、違うのです。スピードはそんなに速くないのです。むしろ遅い。素人の中でも遅い。ただ見た経験がないような曲がり方をするのです」

白柳哲子は首を少し傾けてから、ゆっくりと訊いてきた。

「私は野球の話はよく解らないのね。ごめんなさいね。その方は特別な投げ方をするピッチャーさんだったの」

「いや、彼は指がなかったのです」

「えっ、指がないの」

白柳哲子はひゃあという感じで、片手を口に当てた。

「ええ。彼はベテランのプレス工だったのです。私はその右手を見せてもらいました。人差し指は第二関節から先がありませんでした。中指は跡形もありませんでした。薬指は第一関節から上がありませんでした。親指と小指は無事でした。で、その人は世界に一つしかない形の右手で、むんずとボールを掴んで、力任せに投げるのです」

「それで、特殊な回転が、ボールに掛かるのね」

「ええ。本人だって投げてみないと、どういう変化をするのかわからないのだそうです」

「それなら、バッターさんは、打てないわよね」

「バッターだけではなくて、キャッチャーも捕りようがないのです。サインを出すのも、無意味ですしね。だから、彼の所属するチームが負けるときは、振り逃げや、キャッチャーの捕球ミスが連続したときなのです」

「おもしろいわ。そんな凄いピッチャーさんが、昔々の多摩川の河川敷にはいらしたのね」

「今は同じタイプの選手が、西武士ドームに五人居ますよ」

テレビのエポック博士は、にこりと笑った。どうぞ、球場に観に来てください。すると、白柳哲子は小娘のように高い声で笑って、それからまじめな顔に戻ると、この話をまとめた。

「なるほどね。ハンディを逆手にとるなんて、素晴らしい発想よね。でも、この先駆者は多摩川の河川敷での草野球にいらしたのね」

17

その夜遅く、ホテルのエポック博士の部屋に、一人の人物から電話が掛かって来た。石原百合子東京都知事だった。

「博士、番組を観ましたわ」

都知事はそう切り出した。初対面とは思えない親しみを込めた物言いだった。エポック博士も、つい友人のような口をきいた。

「いや、お恥ずかしい。冷や汗物でした」

「とんでもない。いいお話でしたよ。ハンディを逆手にとる、という発想がすばらしいです」

ところで、と都知事は話を続けた。


「じつは、私も一番初めに国会に立候補したときは、東京の第二区から出たのです。それで、選挙カーに乗って、京浜工業地帯をよく回りました。クルマから降りて、握手をして歩くのですが、びっくりしました。作業服の袖から差し出された右手に、指が五本揃っていない人が、大勢いらしたのです。私はそのとき、つくづく思いました。わが国の高度経済成長は、役人や経済人のおかげではない、こういう方々が支えていたのだ、と」

「はあ」

「それが、私の政治家としての原風景なのね。それなのに知事になってからは職務に追われて、正直に白状すると、思い出す機会もありませんでした。それがきょう、博士のテレビを拝見して、あの頃握手をした人たちの右手の温かさを思い出したのです。自分に言い聞かせました。初心忘れるべからず、と」

「初心忘れる……」

「べからず、です。目標を立てたときの、自分の純粋な気持ちを忘れるな、という教えですね」

「ありがとうございます」

エポック博士は、受話器を握ったまま、見えない相手にぺこりと頭を下げた。

「お礼を述べるのは、こっちです。明日から、気持ちも新たに、都知事の職務に励もうと思っております。それにつけましても、博士のお話をゆっくりとお伺いしたいものです。今はシーズン中ですからご無理でしょうが、シーズンが終わったら、週末にでもぜひ湘南の別荘にいらしてください。ヨットにでも乗りながら、博士のお話をゆっくりと拝聴したいわ」

18

安部が大毎オリオンズの山本（八）をワン・ツーと追い込んでいた。ベンチにいるナインは、みな立ち上がって、その瞬間を待ち構えていた。スタンドからは、〈あと一球コール〉が始まった。安部も次の一球で決めるつもりでいた。


安部はキャッチャーの和田のサインに頷き、内角低目ぎりぎりのストライク・コースに直球を投げた。山本（八）は沈む安部ボールだと思ったのか、手を出さなかった。一瞬、球場全体が静まり返った。

「ストライク！　バッター・アウト！」

アンパイアの声が響いた。ベンチのナインが、いっせいにマウンドに飛び出した。西武士ドームは大歓声に包まれた。

「ゲーム・セット！」

このアンパイアの声は、もう誰にも聴き取れなかった。守りについていた内外野のナインも、全速力でマウンドに駆け寄って来る。三原監督がベンチでメガネをはずして、ゆっくりとマウンドへ歩いて行った。

「さあ、おやじさんを胴上げだ」

選手会長のトヨが、大声で号令をかけた。

「日本シリーズで、仇をとってからにしようや」

三原監督はそう呟いた。でも、その声は自分の耳にすら届かなかった。それくらい大きな歓声が、球場全体を包み込んでいた。三原監督が、二度、三度と宙に舞い上がった。西武士ドーム名物の勝利の花火が、今夜はいつ終わるともなく、次から次へと夜空を彩った。カメラマンたちが、胴上げの輪のすぐ外側で、フラッシュを光らせていた。

エポック隊も、胴上げの輪の中に加わっていた。目黒は目を真っ赤にしていた。

「泣いているのか」

猿田が軽くジャンプをして、目黒の耳元で囁いた。

「光が眩しいだけっすよ」

「そうか。ぼくは泣いている」

猿田はそう言うと、目黒の肩をぽんと叩いた。目黒が笑いながら、猿田を見ると、その後ろに南が突っ立っていた。南は胴上げの輪のいちばん外側で、カメラマンと交じり合っていた。猿田も目黒の視線に気づいて、後ろを振り返った。

「おい、南」

猿田が声を掛けた。聞こえなかったのか、南に反応はなかった。

「南さんは、胴上げなんて、苦手なのでしょうね」

目黒が猿田に同意を求めるように言った。

「でもな、あれで胴上げを嫌がっているわけではないのだ。どう関わったらいいのか、それが解らないだけさ」

猿田はそう言うと、南の後ろに行って、背中を押した。

「南、胴上げをしてみろよ」

すると、南は口を笑いの形にして、自分の両手を胴上げに加えた。

「猿田さんは、人の気持ちがよく解りますねえ」

目黒が凄いやと付け加えた。しかし、猿田は目黒の頭を小突いて言い返した。

「ああ。ぼくは猿の気持ちは、もっと解るさ」

「べつに、そういう意味で言ったのではありませんよ」

目黒はあわてて片手を振った。

「わかっているさ」

「猿田さん、あそこ」

目黒が目で示す方に、猿田が顔を向けると、最愛が胴上げに加わっていた。今夜のナイターでも、代打でバッター・ボックスに入ったから、少なくとも本日二度目のL-ドーパⅡを服用したのだろう。

「このあと、祝賀パーティーだから、今晩は三服目もあるな」

胴上げの輪のちょうど反対側に、帽子をかぶった覆面がにょきっと突き出ていた。愛葉は二メートル近くもあるから、プロ野球選手の中でも、頭一つ上に出るのだった。愛葉はよろけながら、胴上げに加わっていた。

「博士はどこにいるのだろう」

猿田が目黒に訊いた。

「さあ」

「見つけて、胴上げをしようぜ」

「あそこです」

エポック博士は、胴上げの輪から少し離れたところで、新聞記者に取り囲まれていた。

「エポック博士。なにをしているのです」

猿田と目黒が、エポック博士の両腕を掴んで、胴上げの輪に連れ戻そうとした。

「いや、私はここで、いいのだ」

「なにをおっしゃっているのです」

「次は、博士の胴上げですよ」

エポック博士は両足を広げて、両膝を曲げると、その場で踏ん張った。それを知って、猿田が目黒に言った。

「引きずって行こう」

「やめろ。よせってば」

エポック博士は左目をつむって、頭を右肩に預けると、そこから元の位置に跳ね上げた。

「博士、どうしました」

「胴上げはいやだ。高い空中に浮くなんて、とんでもない」

「おい、聴いたか」

猿田が口元を緩めながら、目黒の顔を見た。

「ええ。博士が高所恐怖症とは知りませんでした。博士は飛行機だって、一緒に乗るではないですか」

「そう言えば、機内では、いつも静かだったな。窓外の富士山も見なかった」

「猿田さん。やはり、博士を胴上げしたいっすよ」

「やめてくれ、頼む」

エポック博士は、またチックをした。

「かまわん。今夜は特別だ。エポック博士を宇宙まで放り投げてしまおう」

19

西武士ドームの三階にあるレストラン「若獅子」で、優勝祝賀パーティーが始まった。

まず、三原監督が挨拶をした。

「パ・リーグ優勝、おめでとう。でも、これはまだ通過点だ。今年はペナント・レースの優勝では満足はできない。この勢いで、セ・リーグの覇者を打ち破って、必ず日本一になろう」

続いて、大下のポンちゃんが、助監督としてマイクを握った。

「みんな、今晩は大いに飲んで、大いに騒ごう」


乾杯の音頭は、エポック博士に任された。

「キャンプのときから、暖かく仲間に迎え入れてくれて、エポック隊一同心から感謝しています。日本シリーズでも力を合わせて、必ずや日本一になりましょう。でも、日本一になっても、もうぼくを胴上げしないでね。乾杯！」

あとは恒例のビール掛けになった。エポック隊は六人全員が、愛葉仕様の覆面をかぶった。穴が無作為に開いている覆面である。そして、その上にゴーグルを付けて武装した。

仰木が去年と同じく、裸婦を描いた長いTシャツで登場した。しかし、今年はフトシも同じ格好で現れた。二人は並んで、お尻を振りながら、フラダンスを踊った。

とりあえず、この二人に、手始めのビールが浴びせられた。

「誰かおやじさんの頭にぶっかけないかな。続くのだけれどな」

「おやじさんにか。それは、ポンちゃんしか、トップを切れないよ」

選手たちはそう言いながら、自分たちでビールを掛け合っていた。

「おい」

「あっ」

選手たちの目が、三原監督に集まった。三原監督の背後に、愛葉が突っ立っていた。愛葉はなにも言わずに、自分の頭の上に両手を上げた。その両手にはビール壜が三本も束ねられていた。

「やるぞ、あいつ」

「うわっ、やった」

滝のような勢いだった。ビールが華厳の滝のように、監督の頭をめがけて激しく流れ落ちた。

20

セ・リーグの優勝の行方は、九月に入っても、なおもつれていた。犯神タイガースと忠日ドラゴンズが妙にがんばったからだった。しかし、結局は、読捨ジャイアンツが二年連続で競り勝った。


「よーし、やるぞ」

こう叫んだのは、西武士ライオンズの三原監督だった。両手で拳を作って、自分の胸の前で、ファイトの姿勢を取った。

「去年の借りを返すには、ただ読捨に勝っても意味がない。四連勝あるのみだ」

エポック博士は球団関係者に依頼して、今シーズンはもちろん、ここ五年間の読捨ジャイアンツの、全試合のブルーレイ・ディスクを入手した。それらはダンボール箱が三つも必要な量だった。南の部屋に運び入れると、エポック博士は時間がないと切り出した。

「いつものように、ジャイアンツのバッター陣を、一球一球詳細に分析してくれ。ピッチャー陣は無視していい。早送りでいい」

21

今年の日本シリーズは、西武士ドームから始まる。また二十世紀の末から、日本シリーズはすべてナイターで行なう決まりになっていた。でも、西武士ドームは完全なドーム球場ではない。十月のナイターだと、外気が入って寒い日も多い。ピッチャー陣は肩の温め方に神経質になっていた。

「ナイターなら、全試合に出場できる」

目黒は逆だった。ナイターは大いに歓迎だ。自ずと夜間練習に熱が入った。

一方、読捨ジャイアンツの水原監督は、ミーティングでコーチと選手に、こう檄を飛ばした。

「今年のライオンズは、本当に強いぞ。でも、やっつけ方はある。一つは、先行逃げ切りだ。前半で可能な限りの大量リードをする。つまり、まず相手の先発ピッチャーの頭を混乱させるのだ。具体的には、先発メンバーは、第一打席に仕掛けろ。セーフティー・スクイズでもいいし、相手のピッチャーが内角のきわどいボールを投げて来たら、自分からぶつかって行け。いいか、〈当たって砕けろ〉作戦だ。もう一つは、なにがなんでも七回にはリードしていよう。わかっている。もうこれは作戦ではない。祈りだ。七回終了時点でライオンズがリードしていると、八回には安部、九回には最愛が出て来て、一点を取るのも困難な状況が生じる。つまりだな、今年の日本シリーズは、七回までしかないと思え。いや、勝負は三回までだ」

第一戦は、西武士ライオンズがサイちゃん、読捨ジャイアンツが堀内の、両エースの先発で、プレー・ボールとなった。

読捨の水原監督はミーティングのとおり、〈当たって砕けろ〉作戦にふさわしい布陣を組んで来た。

一番柴田（中）、二番高田（右）、三番落合（一）、四番長嶋（三）、五番張本（左）、六番川上（DH）、七番藤尾（捕）、八番千葉（二）、九番黒江（遊）だった。七番、八番、九番から、森、土井、広岡といった守備の上手い、どちらかと言えば上品な選手を外して、自らボールに当たりに行っても塁に出ようという特攻隊精神の持ち主を並べた。

しかし、今年の日本シリーズでのサイちゃんは、ものが違った。

「去年のリベンジだ」

その思いから投げ下ろすボールには、気持ちがこもっていた。一回表の読捨の攻撃では、一五六キロのストレートが唸りを上げた。柴田と高田は、なんとか塁に出ようと、セーフティー・スクイズを仕掛けて来た。しかし、そのバットにすら、かすらなかった。落合には、内角への厳しいシュート二球で追い込んで、勝負には外角低目に高速スライダーを投げ込んだ。落合は見逃しの三球三振だった。

「ぼけ。打てないなら、ボールに当たらんか」

水原監督はベンチでそう怒鳴って、ダッグ・アウトの壁をスパイクで蹴り上げた。

一方、西武士は以下のスタメンである。一番フトシ（三）、二番目黒（二）、三番最愛（DH）、四番ポンちゃん（右）、五番トヨ（遊）、六番関口（左）、七番田中（久）（一）、八番南（捕）、九番猿田（中）の布陣だ。最愛をDHでスタメンに入れて、フル出場をさせる作戦である。

一回裏の西武士は、まず三十ホーマー、三十盗塁のフトシが、右バッター・ボックスに入った。フトシはファースト・ストライクから狙っていた。堀内はストレートの走り具合を試そうと、初球に内角低目へストレートを投げた。フトシは両腕をたたんで、コンパクトに振り抜いた。ライナー性の打球が、サードの長嶋の右脇を抜けて行き、レフトのライン際をフェンスにまで達した。フトシは打球を見ながら、悠々とセカンド・ベースの上に立った。

「初球からかよ。調子狂うな」

堀内は胸の中で呟いて、キャッチャーの藤尾のサインを覗き込んだ。二番の目黒が、スイッチ・ヒッターで、左バッター・ボックスに入っている。今度は外角低目にストレート、のサインだった。

堀内は首を振って、これを嫌った。

目黒は小技が利く。外角低目だと、もし彼がサード前にセーフティー・スクイズを考えていたら、絶好球になってしまう。サードの長嶋も警戒して、いくぶん前に出て来てはいる。が、なにせスタンド・プレーが好きな男だから、サードカバーに入ったシヨートへ無理やり放って、フィルダー・チョイスになりかねない。堀内は初球にスクイズがしづらいように、内角高目に大きなカーブを投げた。堀内の得意なカーブだ。

はたして、セーフティー・スクイズだった。堀内の読み勝ちだった。目黒は窮屈な姿勢から、無理やりサード前にボールを転がした。堀内は予想内の出来事だったので、マウンドを駆け下りて、素手でボールを掴もうとした。しかし、サードの長嶋も突っ込んで来て、堀内とぶつかると、強引にボールを奪い、ファーストへ送球した。

間一髪、目黒はセーフになった。セカンド・ランナーのフトシは、もちろんサードまで進んでいた。長嶋が右手で自分のグラブの土手を叩きながら叫んだ。

「ホリさん。内野ゴロは、野手に任せてくださいよ」

「アホ抜かせ。おれが素手で取っていれば、ファーストは殺せたぞ」

堀内は長嶋の目の前で舌打ちをした。そして、こう付け足した。おい、お前のせいだぞ。足が速くて、曲者のランナーを、二人も塁に出したのは。すると、長嶋はへらへらと笑いながら憎まれ口をきいた。それも、たったの二球でね。

キャッチャーの藤尾が、マウンドの堀内の所まで歩み寄った。

「ホリ。試合後、焼肉でも、どうだ。おごるよ」

「ごっそうさん」

堀内は少し笑った。堀内がマウンドでイライラすると、藤尾は食事をおごる約束に来る。毎度のことだ。しかし、キャッチャーが森だと、こうはいかない。森はケチで、出身地から〈岐阜の貯金箱〉と陰口を叩かれている。森ならば打たれた投球の説教にやって来る。

「あのピンチには、どんな言葉を掛けに行ったのですか」

あとで記者たちから訊かれると、藤尾は済まして答えるのだ。

「ホリ、おまえの球が打たれるわけがない。自信を持って、ど真中の直球で行こう、って」

ところが、この夜は、さすがにハレの舞台、日本シリーズだった。藤尾はキャッチャー・ミットで顔の下半分を隠すと、まじめな一言を付け加えた。

「ホリ。ファースト・ランナーが盗塁したら、セカンドへ投げる素振りをして、速い球をおまえに投げ返すからな」

堀内もグラブで口を隠して答えた。

「わかった。すぐに、サードへ転送するよ」

最愛が左バッター・ボックスに入った。藤尾は初球を真ん中高目のストレートで外せとサインを出した。堀内は頷いて、サインどおりのボールを投げ込んだ。

しかし、目黒がつられて飛び出す様子はなかった。

二球目は外角低目に、やはりストレートで外せ、のサインだった。堀内が頷いて、藤尾の構えたところへ、速いストレートを投げ込んだ。藤尾が捕球する前に半立ちになって、左足を前に出した。目黒が走ったのだ。藤尾はセカンドへ投げる振りをして、堀内の顔の右横辺りに、速いボールを投げ返した。堀内はそのボールを捕ると、すぐにサードへ転送した。

しかし、フトシはサード・ベースから離れていなかった。どうやら、目黒の単独スチールのようだった。

カウントがツーボールとピッチャーに不利となって、しかもファーストが空いていた。満塁策をとって、ホーム・ゲッツーを狙えと、読捨ベンチからサインが出た。

藤尾が立ち上がると、水原監督がベンチから出て来て、アンパイアに「申告敬遠」と告げた。

ポンちゃんはネクスト・サークルで、バットを振り回しながら、ぶつぶつと呟いていた。

「なんだ、おい。おれさまの前で、敬遠しやがったな。おれさまが打てないと思っているのか。なめんなよ」

西武士のベンチでは、エポック博士が両眉を寄せて、厳しい顔つきをし始めた。

「ノー・アウトで、最愛はファースト・ランナーか。多動状態の残り時間が、あと九分しかない。まずいな。時間内に、ホーム・インができるかな。それとも、スリー・アウトでチェンジになるかな。もしポンちゃんが内野ゴロでも、ホーム・ゲッツーだ。最愛はセカンド・ランナーで、生き残ってしまう。いざとなったら、ピンチ・ランナーか。でも、それでは、最愛をスタメンDHで使った意味がない」

しかし、次の瞬間、エポック博士の憂い顔は、笑顔にとって変わった。ポンちゃんが目の前で敬遠された怒りをバットに乗せたのだった。ツー・ワンのあとの甘いシンカーを一振りすると、打球は左中間のスタンドにライナーで突き刺さった。

大下のグランド・スラムだった。

そのおかげで、フトシや目黒に続いて、最愛も歩くようにゆっくりとホーム・インを果たした。エポック博士が腕時計を覗くと、あと三分しか残っていなかった。


初戦は、この大下の一発で、決まってしまった。サイちゃんもジャイアンツから十六奪三振の力投で、しかも散発三安打に抑えて完封した。

22

第二戦は、西武士ライオンズが新人の池永、読捨ジャイアンツがベテランの金田の先発で始まった。金田はもともと国鉄スワローズのエースだった。しかし、金田が入団した当時の国鉄は、万年最下位のお荷物球団で、このチームで入団の翌年から十四年間連続二十勝以上の勝ち星を上げて、読捨に移籍するまでに三百五十三勝もしている大投手だった。この金田が初めから読捨に入団していたら、通算で五百勝も夢ではなかったのではないか。

一回表に、池永は柴田、高田を内野ゴロに打ち取った。しかし、三番に入った長嶋には、スライダーが真ん中の高目に入ってしまった。長嶋はバットをシャープに振り抜いて、打球を左中間に運んだ。ツー・アウト、ランナー二塁となって、四番の張本を迎えた。

「きょうは、わしのバットが火を吹くで」

張本は昨日の第一戦で、サイちゃんの球に詰まっていた。それできょうは昼間、二軍のグランドへ出向いた。若いピッチャーを相手に、ホーム・ベースを一メートル前に出して、打撃練習をしてきた。

池永の初球は、外角低目にストレートだった。張本の目には、縫い目が見えるほど遅い球に映った。ただコースが絶妙だったので、バットを出さなかった。

「ふふ。さっそく、練習の効果やな。ちょっとでも甘いコースに来よったら、バック・スクリーンにぶち込みまっせ。おっと。センターはまずいねん。センターにだけは打たないようにせんとな」

二球目は内角高目にスライダーが食い込んで来た。スピードはなかったけれど、左バッターの張本にはいちばん苦手なコースだった。キャッチャーの和田は、張本の打撃の長短を見抜いていた。張本が元はパ・リーグに在籍していた選手だからだ。どだい和田というキャッチャーは、自軍の攻撃中には味方の有力選手の打棒さえ分析しているのだった。

「この場面でトヨを攻めるには、内角高目のストレートだな」

「あそこにスライダーを投げたら、フトシはライトに持って行くさ」

池永の三球目は、外角高目だった。しめた。外す球が、ストライク・ゾーンに入って来よったぞ。この球や。この球を見逃したら、打つ球なんかあらへん。張本は力任せにバットを振り切った。

しかし、ボールは張本の繰り出したバットから、逃げて行くように遠ざかって行った。外角へ外れて行く、シュートだったのだ。張本は三球三振を喫した。

「投影フライヤーズ時代から、ハリさんは力むと、あの球に手を出す」

和田はダッグ・アウトに戻ると、池永と並んで坐りながら呟いた。

一回裏のマウンドには、金田が立っていた。金田はピッチャーとして、西武士ライオンズの打撃陣を解析していた。一番のフトシ、二番の目黒、それと九番の猿田を出塁させないことだ。この三人が塁に出ると、彼らの足を用心するあまり、投げる球種が限られてくる。気も散る。それで、中心打者に、大きな打球を打たれてしまう。きのうの初回の堀内が、まさしくこれだ。

金田は一番のフトシに対して、スロー・カーブから入った。フトシが意表をつかれて見逃すと、判定はストライクだった。フトシなんか。金田は自分に言い聞かせた。フトシなんか、おれの前では、まだまだひよっ子だ。なにが大リーグに最も近い男だ。

金田は胸を張って、二球目を投げた。内角低目にカット気味の速いスライダーだ。一方、フトシはスロー・カーブの次なので、あらかじめ速いストレートを待っていた。来た。フトシは予測どおりの球だと思って、素早くバットを出した。ところが、手元でさらに食い込むように変化をした。フトシは打ち損なって、平凡なショート・ゴロに終わった。両手には痺れるようないやな感触だけが残った。

二番の目黒も、右バッター・ボックスに入った。金田は注意人物トリオの中でも、この目黒を最も警戒していた。

目黒の動態視力は普通ではない。きっとピッチャーの指から、ボールが離れた瞬間に、どこのコースへ、どんな種類の球が来るのかを見抜いているはずだ。

対処は、一方法しかない。いや、一方法ある、と言い直そう。コースと球種と速度がばれていても、それでも打てない球を投げればいい。おれは天下の金田だ。国鉄時代は天皇と呼ばれた男だ。判っていても打てない球を投げ込んでやる。

金田はセ・リーグ優勝を決めてからの二週間を、自分の球をより磨く練習に明け暮れた。

金田は初球を外角低目に、一二〇キロ台の遅いシュートを投げて、わざとボールにした。見せ球だった。二球目もシュートで、これは通常の速さで、外角高目のストライク・ゾーンに投げた。

はたして、目黒はバットを振ってきた。しかし、打ち遅れた感じで、平凡なセカンド・ゴロになった。

目黒はベンチに戻るときに、ちょっと小首を傾げた。金田はそれを見逃さないで、胸の内でほくそ笑んだ。

さて、クリーン・アップの登場だった。クリーン・アップと言っても、ランナーがいなければ、それほど怖くはない。

「噂どおりの、変なおっさんだな」

これが金田の最愛に対する第一印象だった。耳に入ってきた情報によれば、最愛は試合前の練習を十二分で切り上げたとか。それもバッティング投手に、ゴルフ・ボールを投げさせて、それを打ったのだとか。変わった打撃練習だ。そう言えば、目黒や猿田の守備練習も、ゴルフ・ボールの捕球から始めるそうだ。きょうの試合前には、トヨまでがいつもの小さなグラブを使っての守備練習をやめて、このゴルフ・ボール練習に切り替えたとか。

金田は左対左の優位さもあって、とりあえず内角をえぐっておこうと、内角高目に速いストレートを投げ込んだ。見逃せば、ボールだ。ところが、最愛は両腕をたたんで、腰の回転とともに、その内角のボールを強く叩いた。打球はファーストの落合のはるか頭上を飛んで行った。落合は振り返らなかった。確かめるまでもない。あのライン上の打球は、このあと大きく右に切れて、一塁側のスタンドに飛び込むファウルとなる。

しかし、スタンドは打球の行方を見つめて、静まり返っていた。まあ、素人は期待するさ。落合が腹の中で呟いたときだった。スタンドから、大歓声が湧き起こった。落合がびっくりして振り返ると、ライトの線審が右手を頭上に上げて、くるくると回していた。

「なんでや」

落合はマウンドの金田に視線を向けた。すると、金田も落合を見ていた。目が合うと、金田は小さく肩をすくめて、なにやら唇を動かした。その形を読むと、ミラクル、と言っていた。

23

このあと、試合は膠着状態に入った。両軍の先発ピッチャーが譲らず、一対〇のまま、七回の表に入った。

読捨ジャイアンツは、ベンチ前で円陣を組んで、気合を入れた。水原監督が強い声で、選手を励ました。

「池永は初回から飛ばして来たから、この回あたりが疲れのピークだ。ストレートもさきほどの回から、五キロほどスピードが落ちている。このラッキー・セブンで、いっきに逆転するぞ」

選手たちは指揮官の言外の意味をもわかっていた。

「この回に点を取らないと、次の八回には安部が、最終回には愛葉が、マウンドに上がって来る。この回が最後のチャンスだと思え」

打順は八番の黒江からだった。シュアなバッターだが、なまじホームランが打てるために、きのうきょうと大振りが目立った。水原監督は、代打に曲者と呼ばれる千葉を送った。千葉は初球の大きなカーブがストライク・ゾーンに入って来るのを平然と見送った。和田はその千葉の顔を見上げて、そうかと理解した。

「千葉はベテランだからな。池永のストレートが、スピードの落ちてきているのを見抜いて、それ一本を待っているな」

和田はストレートを避けて、スライダーでストライクを取ろうと、そのサインを出した。千葉を追い込んでおいて、後はきわどいコースにストレートを二球続ける。きっとその二球のうちのどちらかに手を出すはずだ。すると、打球は詰まって、平凡な内野ゴロになる。

ところが、千葉は裏をかいて、そのスライダーを待っていた。はたして、外角低目に曲がり落ちる、池永の得意なスライダーが来た。千葉は左足で踏み込んで、難なくライト前に流し打ちのクリーン・ヒットを放った。

「しまった」

和田は立ち上がると、池永に右手を上げて、軽く謝った。池永も右手を軽く上げて応えた。九番の広岡が右バッター・ボックスに入った。松沼（兄）ピッチング・コーチが、三原監督の脇で呟いた。

「おやじさん。そろそろ、ですね」

「ここは、スクイズだろ。送らせてから、代えよう」

池永は新人でも、守備も上手いピッチャーだった。

「了解です」

兄やんはブルペンに電話を掛けて、セット・アッパーの清に、次のバッターから行くぞと伝えた。

ところが、読捨の首脳陣は、動きが素早かった。広岡にバンドの構えをさせておいて、初球から千葉を走らせた。和田の肩が加齢で多少衰えているのを見越しての作戦だった。

千葉は余裕でセーフになった。たちまち、ノー・アウトで、同点のランナーがセカンドとなった。ここで、読捨のベンチは、広岡にサード前へ送りバンドをさせた。これもきっちりと決まった。瞬く間に、ワン・アウトで、ランナーがサードという、読捨に絶好のチャンスが巡って来た。

三原監督が一塁側ベンチから出て来て、アンパイアにピッチャーの交代を告げた。

清は一四〇キロ台後半のストレートと切れのいいスライダーが武器の、制球力で勝負するピッチャーだった。

読捨の打順は一番に返って、柴田だった。和田は初球からフォークのサインを出した。これは相手の裏をかいた作戦だった。フォークはワン・バウンドになる可能性が高く、キャッチャーが後ろに逸らすと、サード・ランナーがホーム・ベースに生還してしまう。キャッチャーはそれを嫌うから、サードにランナーがいるときには、フォークのサインは出しづらい。

でも、和田はワン・バウンドのキャッチングには自信があった。また、それ以上に、初めにフォークを投げておけば、バッターがその後の配球を読みづらくなる。

清はセット・ポジションから、大きく右腕を振って、フォークを投げた。やはり、ワン・バウンドになった。和田はボールの軌道の正面に体を移動させて、最悪でも自分の体にぶつけて前に落とそうと試みた。

しかし、ボールはホーム・ベースの角に当たって、一塁側のベンチ方向へと跳ね上がった。たちまち、サード・ランナーが生還して、読捨が同点に追いついた。

西武士ベンチから、兄やんが笑顔でマウンドに来て、清を励ました。

「気にするな。まだ、同点だ。それに、打たれたわけではない」

清は頷くと、得意のスライダーを連発して、柴田、高田と連続三振に切って取った。

24

七回裏の西武士は、最愛からだった。金田はスタミナの問題から、首脳陣にこの回までと言われていた。

「この回、全力で西武士のクリーン・アップを抑えてくれ」

読捨のベンチは、同点の七回からでは、〈八時半の男〉の異名を持つ、ストッパーの宮田を継ぎ込むわけにはいかなかった。もし延長戦にもつれ込んだときに、宮田の後ろのピッチャーがいない。

最愛は四打席目だった。ホームランのあとは、金田の大きなカーブにタイミングが合わず、連続三振を喫している。金田は初球を真ん中高目にボールになるストレートを投げた。最愛は見逃した。しかし、このボールは、ストレートは見せ球ですよ、と語っていた。大きなカーブで勝負しますよ、打てますかね、と。

三球目に大きなカーブが来た。最愛はその球を前の二打席のようには強振しなかった。軽くバットを合わせた。打球はセカンドとセンターの中間に、ポトリと落ちた。最愛にはピンチ・ランナーが出た。南だった。

次は四番に入っていたトヨだったが、トヨも大振りをしなかった。金田の外角低目の難しいストレートを、ライト前に流し打った。南は余裕でサード・ベースに達した。

五番は助監督兼任の大下のポンちゃんだった。ポンちゃんは、去年の日本シリーズで、一本もヒットが打てなかった。マスコミから、四連敗のA級戦犯とまで言われた。今年はそのリベンジに燃えている。

「なんとかマスコミの連中を見返すぞ」

しかし、大試合に弱いのか、今年もきのうきょうと、まだヒットが出ていなかった。

でも、ここは気が楽だった。内野はバック・ホーム体制で、前進守備なので、平凡なゴロでも間を抜きやすい。また、高目のボールが来たら、外野にポンと打ち上げれば、犠牲フライになる。

一点でも取れれば、次の回からは、マウンドに安部や愛葉が上がるはずだ。

読捨のベンチは、ベテランの金田に、このピンチを任せた。それ以外に、手の打ちようもなかった。

「今年の西武士は強い」

このとき、水原監督は心の中で絶句した。

「立場が、去年の日本シリーズと、まるで反対だ。まだ同点だし、競っているゲームなのに、どうにも勝てる気がしない。むしろワン・サイドでやられているような気分だ」

ポンちゃんがバッター・ボックスに入ると、西武士ベンチから大合唱が起こった。

「ポンちゃん、気楽に行け。外野フライで、いいぞ」

じつは、これは大下自らが、みんなに頼んだ声援だった。金田は当然外野フライを警戒して、初球に外角低目へ小さく曲がるカーブを投げた。しかし、この球は大下の密かな作戦には、絶好球だった。

大下は一塁側にスクイズを試みた。ノー・サインだった。相手チームの野手はもちろん、三原監督も我が目を疑った。サード・ランナーの南もびっくりした。しかし、ゴロが内野に転がっているのを見るや、猛然とホーム・ベースに突っ込んだ。キャッチャーの藤尾が、左足でホーム・ベースを巧みにブロックしていた。南は右側から回り込みながら、左手でホーム・ベースにタッチをした。

アンパイアは、両手を水平に広げた。間一髪、セーフだった。

25

エポック博士は、この大下外野手兼助監督のプレーを見て、西武士ライオンズの日本一を確信した。選手個々人が、自分のやるべきプレーを自分で考え、そのときの自分の力をめいっぱい発揮する、これが強いチーム、強い組織の、真の在り方だ。

「エポック隊は、もうこのチームには要らないな。このシリーズが終わったら、西武士を退団して、次の勝負に出よう」

26

八回表の読捨の攻撃は、クリーン・アップからだった。兄やんが三原監督に進言した。


「愛葉に先に投げさせて、消える魔球で、クリーン・アップをきりきり舞いさせませんか」

「いや」

三原監督は微笑みながら、首を振った。

「安部が顔を潰すなって怒るぞ」

「そうですね。そう言えば、もう一人、怒る人がいました」

「えっ、誰が」

三原監督が両眉を寄せると、兄やんは口ひげをぴくつかせて、へっへっと笑いながら言った。

「落合の奥さんですよ。いくら主人でも消えるボールなんか打てるわけがないって、怒髪天を突きますね。下手ジーニのオルガン夫人よりも恐い」

安部がマウンドに上がった。

27

西武士ライオンズが二連勝したあと、移動日を一日挟んで、戦いの場所は東京ドームに移った。東京ドームは読捨ジャイアンツの本拠地なので、セ・リーグ方式で、ＤＨ制は使わない。

読捨ジャイアンツは、八番の千葉の打順にピッチャーを入れて、ＤＨだった川上がファーストを守り、ファーストの落合が若い頃のポジションであるセカンドを守るという、打撃中心の布陣をとった。

一方、西武士ライオンズは、三番を打つＤＨの最愛がスタメンから消えなければならなかった。三原監督は二連勝の余裕からか、得意の奇策に出た。三番のＤＨの打順にピッチャーを入れて、後は大きくはいじらなかったのである。

先攻のライオンズは、一番のフトシが右バッター・ボックスに入った。読捨の先発はベテランの城之内だった。城之内はコーナーと上下に球を散らして、フトシをショート・ゴロに打ち取った。二番の目黒には、やや甘く入ったスライダーをレフト前に流された。ここで、三番の先発ピッチャー若生が、右バッター・ボックスに入った。若生は初めから、バンドの構えをしていた。読捨の内野陣は、極端な前進守備をとった。城之内は初球に内角高目のストレートを放った。最もスクイズがやりづらい球種とコースである。若生はなんとかバットに当てた。が、三塁線への小飛球になった。キャッチャーとサードが追いかけたが、その間に落ちて、ファウルになった。若生が胸を撫で下ろして、ファースト・ランナーを見ると、目黒はファースト・ベースの上に立っていた。どうやら、最初からファウルだと見越して、動かなかったようだ。

「そうか、三原のおやじさんがピッチャーのおれを三番に入れた、これが最大の理由だな」

若生は目黒の動態視力の数値を思い出すと、楽な気持ちになって、二球目のやはり内角高目のストレートを一塁線に転がした。バンドとしては、やや強い当たりだった。前進守備のファースト川上が、すぐに捕球して、振り向きざまにセカンドへ送球しようとした。タイミング的には、セカンドで殺せるはずだった。しかし、ファースト・ランナーの目黒は、すでにセカンド・ベースに達していた。川上は目を見開いて、それからあわててファーストに投げた。

城之内はファーストが空いているので、四番のトヨを敬遠して、五番のポンちゃんと勝負に出た。

しかし、大下のポンちゃんは前の試合の最終打席で、なにかを掴んでいた。少なくとも、自分にそう言い聞かせていた。

ポンちゃんは城之内のファースト・ストライクを狙っていた。城之内ほどのベテランになれば、追い込んでから、いちばんいいボールを投げ込んでくる。その前に叩かなければ。またこの場面は、大きいのは要らない。ヒットでも、エラーでもいい。次の打者に繋げよう。

ポンちゃんは、ボール球に手を出さなかった。ツー・ノーになった。今までだと、こんな場面では打ち気が勝って、大振りをしてしまう。しかし、解っている。大振りこそ、ベテラン城之内の思う壺だ。ポンちゃんは自分を戒めると、外角低目に狙いを定めて、流し打ちをしようと決めていた。

はたして予想通りの球が来た。外角低目にスライダーが曲がって来た。ポンちゃんは引き付けるだけ

引き付けると、ジャスト・ミートを心がけて、押し出すように振り抜いた。

打球はショートの広岡の頭上を越えて、レフト前へ飛んで行った。一点が入って、なおもランナーが三塁一塁に残っていた。

六番にはベテランの右打者、関口ではなくて、左打者の玉造が入っていた。城之内は左の玉造に対して、初球から内角高目の厳しいコースを攻めた。詰まらせて、内野ゴロでダブル・プレーを狙ったのだ。詰しかし、玉造ははなから引っ張って、ライトに打つつもりだった。結果、打球は詰まっていたけれど、ライト前にぽとりと落ちた。また一点が追加されて、ランナーも同じように三塁一塁に残った。攻撃としては、理想的な形が続いた。

七番には、いつものとおり田中（久）が入っていた。去年も今年も怪我で欠場が多かっただけに、このシリーズには期するものがあった。初球を狙って、大振りしたけれど、空振りだった。ボールとバットが、三十センチくらいも離れていた。スタンドから

野次と嘲笑が起こった。城之内はほっとして、内角高目にシュートを放った。体を起こしておいて、決め球に外角低目へのスライダーを配球しようと考えた。

ところが、そのシュートが、真ん中高目に入ってしまった。田中（久）は素直にバットを繰り出した。打球は高く舞い上がって、そのままレフト・スタンドに吸い込まれて行った。

28

若生は二回まで、ランナーを出しながらも、零点に抑えた。しかし、三回表に、先頭打者で打順が回って来ると、代打に花井が送られた。三回裏からは、畑がリリーフに上がった。そのあとも、三番に打席が回って来ると、そのつど代打に麻生や竹之内が送られて、ピッチャーも田中（勉）、井上（善）と交代して行くのだった。

「いろんなピッチャーに、日本シリーズを体験させておこう」

三原監督は兄やんの耳元で囁いた。おやじさん、それは杞憂ですよ。兄やんは三原監督に囁き返した。

「このシリーズはもつれたりはしません。明日で決まりです」

「なに、来年のためだ」

三原監督はにやっと笑うと、兄やんの肩をぽんと叩いた。

七回の表裏が終わったときには、西武士が七対三でリードしていた。読捨のベンチでは、水原監督がナインを鼓舞する怒声が響き渡っていた。しかし、今年の日本シリーズが始まる前に、その水原監督自身が七回までが勝負だと言い切っていた。

「これで、また安部かよ」

ナインの士気は、どうにも湿り勝ちだった。

はたして西武士は、四点リードしていても少しも手を緩めずに、八回裏には安部をマウンドに送り出した。この安部がきちんと三人で打ち取ると、九回裏のマウンドには愛葉が上った。

29

これで、西武士は三連勝だった。しかも、競ったのは第二戦だけで、あとの二試合は西武士の圧倒的な勝利だった。

「去年のちょうど反対だね」

「こうなれば、明日も勝つぞ」

「おお。四連勝してこそ、去年の鬱憤が晴らせるってものだ」

西武士ライオンズのナインは、気分を高揚させたまま、西武士バスに乗り込んで、定宿にしている水道橋のホテルへ戻った。

猿田と南と目黒は、レストランで軽食を摂ると言う。エポック博士は最愛や愛葉と共に、エレベーターに乗り込んで、自分の部屋のフロアーまで上がった。

「もう一度、シャワーを浴びたいな」

エポック博士はそう思いながら、二人と廊下で別れた。

ところが、エポック博士が部屋に入るやいなや、部屋の電話が鳴り響いた。博士が受話器を手に取ると、相手は某写真週刊誌の記者だと名乗った。

「エポック博士だよね」

「ええ」

「さっそくだけれどさ」

その記者は乱暴な口調で、しかもことを急いているように慌しく話した。

「猿田選手の件だよ」

「えっ」

「ほら、あんたには、心当りがあるのだろ」

エポック博士は、言葉に詰まった。どうして猿田の秘密を嗅ぎ付けたのだろう。

「なんのことだか」

「とぼけんなよ」

相手はあっちの筋の人みたいな剣幕で、怒鳴りつけてきた。

「なんでわかったのだ」

「ほら、認めたな。こっちはよ、いろんな世界に通じてんだよ」

エポック博士の背中にぞくぞくっと震えが走った。

そして、〈永久追放〉という単語が頭に浮かんだ。

もし猿田がそうなったら、猿田のぬいぐるみを腕に巻きつけている、大勢のファンに申し訳ない。また西武士球団にも迷惑をかける。もちろん、筒見オーナー個人にも。いや、いや、そんな程度ではすまない。ハンディを背負っていても、エポック隊のように、そのハンディを逆手に取ってがんばろうとしている、顔も見えない無限の仲間たちをがっかりさせる。

そして、エポック博士が密かに計画し始めている、次の世界戦略にも重大な影響を与えかねない。エポック隊は六人揃ってこそ、エポック隊なのだ。

「この大特ダネはな、証拠の写真付きで、来週号に掲載するよ。それとも、西武士球団がネガを買い取るかな」

「球団に迷惑は掛けたくない」

「そんなら、あんたが買い取るか」

「待ってくれ」


エポック博士は、とりあえず相手の話を遮った。

「じかに会って、話を聴きたい」

「いいだろう。これから会うか」

「悪いが、今朝早かった。もう眠い」

受話器の中から、舌打ちの音が聴こえた。

「子供みたいな奴だな。じゃあ、いつ会うのだ」

「明晩の十一時ならば」

「わかった。新宿の慶応ホテルのロビーに来い」

いや、ちょっと待ってくれ、新宿は遠い。エポック博士は、東京ドームからほど近い、赤坂のプリンセス・ホテルのロビーを指名した。

「わかった。あんたの顔は知っているから、おれから近づいて行く。いいか、遅れるなよ」

30

エポック博士は電話を切ってから、大きな溜め息をついた。

とりあえず、明晩十一時までは、猶予期間だ。こうなれば、明日の試合で、絶対に日本一を決めてしまわないと。

それにしても、誰からばれたのだろう。猿田の素性を知っているのは、日本人では筒見オーナーだけだ。筒見オーナーがマスコミに暴露する道理がない。今の電話の男は、旧東ドイツとか、ロタ島とか、アメリカのテキサスとかに、知り合いでもいるのだろうか。

エポック博士は、首をひねったり、腕組みをしたりした。

「博士、博士」

いつの間にか、南が部屋に戻っていて、博士の肩を揺すっていた。

「あっ、なんだい」

南は頷くと、両眉をひそめて、エポック博士の顔を覗き込んだ。

「大丈夫だよ。考え事をしていただけだ」

エポック博士は、微笑んでみせた。

「南、悪いけれど、ちょっと電話を掛けたい。十分ほど時間をくれないか」

南は黙って頷くと、バスタオルを持って、浴室に消えた。すぐに、タイルを叩くシャワーの水音が、聴こえて来た。

エポック博士は、筒見オーナーの携帯電話の番号を押した。やはり、オーナーには伝えておくべきだろう。

事情を話すと、筒見オーナーはてきぱきと指示を出してくれた。

「まず、電話を掛けて来たのだから、相手は金が目的だ。金で済むなら、金で解決しよう。一億円まででなら、わかったと受けてくれ。こっちで用意する。それ以上を言ってきたら、時間をくれ、相談したい人がいると言ってくれ。いずれにしろ、悩むほどの問題ではない。また赤坂のプリンセス・ホテルのロビーなら、エポック博士が坐るソファーを決めておいて、そこに隠しカメラを仕掛ける。これは今から支配人に連絡を入れておこう。心配しなさんな」

さすがに、大企業のトップだ。エポック博士はオーナーの声を聴いて、悪戯を母親に吐露した子共のようにほっとした。

「しかし、オーナー。どこからばれて、どんな写真を持っているのでしょうねえ」

「うーん、それはわからん」

筒見オーナーも、電話の向こうで、首をひねったようだ。

「それに、一億もの大金、いいのでしょうか」

「それは、まったく問題ない。エポック隊には大儲けさせて戴いている。私としては、契約金を支払わなかったことで、詐欺をしたような気がしているくらいだ」

筒見オーナーは、そう言って、大きな声で笑った。このとき、浴室のシャワーの音が消えた。

「では、ひとつよろしくお願い致します」

エポック博士は、受話器を握り締めながら、古い日本人のように深々と頭を下げた。

31

翌日、エポック博士が球場に行くと、三原監督から声を掛けられた。

「オーナーから電話があってさ。きょうの試合、猿田を一番で使うから。いや、なに、ぼくもそう考えていた」

「はい。猿田に伝えておきます」

エポック博士はそう答えながら、身の縮む思いがした。昨夜のオーナーの話し振りと違って、きっと事態は深刻なのだ。だから、もしかしたら、これが猿田の最後の試合になるかもしれない。

球界から、永久追放。

オーナーはそれを危惧して、猿田に花道を作ったのではないか。

「今夜の試合、打順がトップだぞ」

猿田に伝えると、彼はキキッと飛び上がって、体中で喜びを表した。〈奇跡のジャンプ・アップ〉か。それはそうだろう。チンパンジーの足の力は、人間の腹を蹴っ飛ばせば、内臓破裂で即死させる力がある。エポック博士は顔には微笑みを貼り付けながら、心で溜め息をついた。

西武士ライオンズの先発メンバーが、発表された。

「一番、センター、猿田」

こう読み上げられると、スタンドから大歓声が上がった。

「猿田は、相変わらずの人気者だ」

いつもなら、猿田を冷やかして、一緒に喜べるのに。エポック博士は、今晩に限って、かえって気が重かった。

「二番、セカンド、目黒。三番、ショート、豊田。四番、サード、中西。五番、ライト、大下。六番、レフト、関口、七番、ファースト、田中（久）。八番、キャッチャー、南。九番、ピッチャー、河村」

読捨ジャイアンツも、四連敗だけは避けようと、メンバーを相当いじってきた。先発投手は、若きエースの江川だった。

しかし、エポック博士は、気持ちを東京ドームに置いていなかった。赤坂プリンセス・ホテルのロビーに、いち早く飛び去っていた。

32

第四戦も、西武士ライオンズの一方的なゲーム展開となった。

猿田は先頭打者として、フォア・ボールで出塁すると、すぐにセカンドへ盗塁を試みた。もちろん、四つ足走法だった。スタンドからは、大声援が起こった。

「セーフ」

そうジャッジが下ると、耳が痛いほどの大歓声が湧き起こった。しばらくして、少し静かになったときに、三塁側のダッグ・アウトの後ろ辺りから、子供の大きな声が掛かった。

「猿田さーん。ぼくもがんばるよー」

エポック博士はダッグ・アウトの屋根の上に、そっと顔をのぞかせて、声の聴こえた方角を見つめた。すると、そこはエポック隊が招待した身障者の子どもたちの特別席で、声援の主は車椅子の男の子だった。

「そうだよな」

エポック博士は、胸の奥から、熱い怒りが込み上げて来た。自分に対する怒りだ。そうだ。この国には、今のような自分を戒める言葉があった。石原百合子東京都知事が、電話で教えてくれた言葉だ。

「初心忘れるカラス、だ。猿田が人間とチンパンジーとの子供だからと言って、なにが悪い。それで、日本のプロ野球界が猿田を永久追放に処すと言うのなら、この差別と断固戦うぞ。猿田が、エポック隊が、どれくらいハンディある人たちの励みになっているか……。それなのに、このわたしが、初心忘れるカラス、に成り下がっているとは」

「博士。初心忘れるカラスって、なんです」

助監督のポンちゃんが、耳元で話し掛けて来た。

「聴こえたのか」

「いや。ちゃんとは」

「うん。古くから伝わる、自分への戒めの言葉だ」

ふーん。博士は妙な国に生まれ育ったのですねえ。カラスも初心を忘れるのか。ポンちゃんは首を傾げながら、自分のバットを取りに、ベンチの隅へ行ってしまった。

このとき、スタンドが大いに湧き上がった。エポック博士がグランドに目をやると、目黒がセンター前にタイムリー・ヒットを放ったところだった。

エポック隊の二人で、先取点か。いいぞ。

博士はやっと試合に専心できた。

33

西武士ライオンズは、去年のリベンジを果たした。それも、ただの四連勝ではなく、いずれの試合でも一度もリードを許さない、圧倒的な強さでの四連勝だった。この勝ち方も、去年のお返しだった。

しかも、とエポック博士は思った。

「しかも、今年の西武士の野球は、勝ち負けを超えていたはずだ。ここが肝心なのだ」

西武士ライオンズは、パ・リーグで一一八勝二六敗などという、ぶっちぎりの勝ち方をした。それでも、最後の試合まで、球場は満杯になった。またテレビ局が優勝決定と同時に、そのあとの消化ゲームは放送しないと発表すると、抗議の電話が殺到した。それがあまりにすさまじい数なので、試しに一試合を中継してみると、視聴率が三十パーセントを超えていた。すぐに、スポンサーが飛びつき、消化ゲームも全試合流す予定に変更した。

これには、パ・リーグの他の五球団の監督たちの協力も大きかった。彼らは、消える魔球のジャッジをアンパイアに任せて、試合がだらけるような長いクレームをつけなかった。

また、鶴岡監督を見習って、ファンのために、つまらない敬遠策を採らなかった。これによって、ファンはわくわくどきどきしながら、力と力のプロの勝負を味わえた。

一方、読捨ジャイアンツは、シーズン中から、人気が凋落していた。読捨系の野球中継は、視聴率が十パーセントを超えなかった。

「単純に、ワンちゃんが抜けたから、だけではないな」

読捨のスタッフは、日本シリーズで西武士に完敗したショックで、なにかヒントらしきものを掴んだようだった。

「他チームの主力選手をお金で掻き集めて、オールスター並のメンバーで勝ち進んでも、単に勝つだけでは、ファンを励まし、ファンをわくわくどきどきさせる、黄金時代のようなジャイアンツには戻れない……。世の中、幸せは金では買えない……」

第四章

1

「初心忘れるカラス！」

エポック博士は、なんども胸のうちで呟きながら、赤坂プリンセス・ホテルのロビーで腕時計を見た。約束の時間を五分ほど過ぎていた。博士は左目をつむって、右肩に顔を乗せると、その顔をふいに元のまっすぐの位置まで跳ね上げた。

「勿体をつけているのだな。遅れなければはしないと思っているのか。まるでそんな女とデートするときみたいだ」

このとき、サングラスを掛けた背の高い男が、エポック博士に近づいて来た。

「エポック博士だな」

「ええ」

エポック博士も立ち上がって頷いた。

「あなたが、電話を掛けて来た人ですか」

エポック博士は、自分の右手が前に出そうになったので、あわてて押し留めた。こういうときは、握手をするのが、右手の習慣だからだ。しかし、その男はなにも答えずに、エポック博士の正面のソファーに勝手に腰を下ろした。エポック博士も、遅れをとってはとすぐに腰を下ろした。

「時間がない」

サングラスの男は、上着の内ポケットから、角封筒を引っ張り出して、中央のテーブルの上に置いた。

「この中に、証拠の写真が入っている」

「証拠の写真ですか」

どんな写真なのだろう。猿田の全裸写真か。金色の体毛で覆われた尻尾が、くっきりと写っているのか。望遠レンズで、着替え中とか入浴中を盗撮したのか。

「とっとと、見てみろよ」

「あっ、はい」

エポック博士はおずおずと両手を伸ばして、角封筒を手にすると、中から三枚の写真を引き出した。

「あれっ」

エポック博士は、三枚の写真を見て、たちまち気が抜けた。

「写真が三枚とも間違っていますよ」

「なにが」

「だって、ほら」

エポック博士は、三枚の写真をテーブルの上で逆さにして、サングラスの男に示した。

「この人、女優の荻原紀香でしょ。だめですよ、自分の趣味の写真と、間違えちゃ」

「間違えてない」

「なにを言っているのですか。サングラスを外して、生のお目目でちゃんと見てくださいよ」

エポック博士は身を乗り出すと、男の顔に両手を伸ばして、サングラスを取ってしまった。すると、意外にも、男はベビー・フェイスで、ジャニーズ系の可愛らしい顔つきだった。

「ほら、三枚とも、紀香じゃないですか。うれしそうに猿田のぬいぐるみを腕に巻いて」

「ぬいぐるみ、ではない」

「えっ」

「ぬいぐるみ、じゃないのだよ」

男は凄んでみせた。

「まさか」

エポック博士は三枚の写真を自分に引き寄せて、紀香の腕にしがみついているぬいぐるみを見つめ直した。

確かに、ぬいぐるみにしては、ちょっと大きい。しかも、そのうちの一枚の写真が決定的だった。ぬいぐるみのくせに、うれしそうな表情がある。

「これ、本物の猿田、ですか」

「当り前だ」

「まいったなあ」

エポック博士は大声を出すと、大きくのけぞって、ソファーからお尻をずり落としそうになった。

「あいつ、いつの間に」

「いくらで買うのだ」

その男はサングラスを拾い上げて、ふたたび自分の可愛らしい両目を覆い隠した。

「はあ?」


「だから、いくらで買うのだよ」

その男は両手でどんとテーブルを叩いた。

「買いませんよ」

「なんだって」

「だって、そうでしょう。もしこのあと、紀香さんの写真が欲しくなったら、直接猿田に頼むもの」

すると、サングラスの男は口を半開きにしたまま、なにも答えないで、しばらくエポック博士の顔を見つめていた。

「あのな」

「はい」

「ばかか、おまえは」

サングラスの男は、右手の人指し指で、自分の頭をこつこつと叩いた。

「ばかと言われても」

「あのな、この写真が、来週の写真週刊誌に掲載されても、いいのかよ」

なんだ、この写真だったのか。でも、本当にこの写真だけだろうか。猿田の尻尾まで写っている、全裸盗撮写真はないのだろうか。

「もっと、凄い写真はないのですか」

「わかってねえな。この写真が凄いのだ。これは紀香のマンションの前だぞ」

エポック博士は胸を撫で下ろした。

「この写真の、なにがいけないのですか」

「ばかやろう。猿田のスキャンダルだぞ。猿田はこの写真のあと、紀香の部屋に入って、二人だけで三時間も過ごしたのだ。猿田は子供たちや身障者に尊敬されている選手だろ。それが、このざまだ」

「このざまって、猿田も紀香さんも独身だし、羨ましい限りじゃないですか」

「そうだよ。羨ましいから、読者はみんな嫉妬して怒るのだ」

「そうかな」

エポック博士は首を傾げた。

「やっぱり、週刊誌に掲載された方がいいな。その方が、みんなの励みになる」

「なんだって」


「うん。どうぞ、掲載してくださいな」

「ようし、上等だ。載せてやろうじゃないか」

サングラスの男は立ち上がると、去り際に捨て台詞を吐いた。

「あとで泣きっ面をかくなよ」

「あっ、ちょっと待ってください」

エポック博士も立ち上がって、あわてて声を掛けた。

「なんだ、今頃買う気になったのか」

「いや、ネガはいいです。その生写真を記念に戴けませんか」

2

男が立ち去ると、すぐにホテルの支配人がやって来た。手にはＤＶＤを持っている。

「大丈夫ですか」

「ええ」

「これ、今のＤＶＤです。会長からすぐに電話をくれとの伝言です」

エポック博士はホテルの事務室に行って、筒見オーナーへ電話を繋いだ。

「どうだった」

「それが」

エポック博士が一部始終を話すと、筒見オーナーは電話の向こうで、げらげらと大笑いをした。

「そうか。猿田くんは、なかなかやるね」

「いやあ、参りました」

エポック博士は、左手で受話器を握りながら、もう一方の手でその問題の三枚の写真を持っていた。

「博士も、全然気がつかなかったのか」

「ええ。これからうちに帰ったら、みんなでとっちめてやります」

「まあ、お手柔らかに」

筒見オーナーは、そう言うと、また大声で笑った。

3

その夜、博士がマンションに戻ると、部屋には最愛しか残っていなかった。最愛以外のエポック隊は、優勝祝いだと言って、他のナインとともに、銀座へ繰り出したとの報告だった。博士は愛葉を少し心配したが、猿田が一緒ならば大丈夫だと思って、先に寝てしまった。

博士は夢を見た。西武士が日本一になって、三原監督の次に、博士を胴上げしようと、選手たちに追いかけられる夢だ。博士はチックを繰り返しながら、必死にグランド中を逃げ回っていた。

「やめて」

「やだ」

「こわい」

これらの言葉の連発は、博士が数時間前の東京ドームで、実際に叫んだ言葉の数々だった。しかし、夢の中では、博士はこの状況をけっこう楽しんでいた。

結局、猿田を問い質したのは、次の日の夕食時だった。

「おーい、みんな」

「博士、大きい声を出さないでください」

みんな、二日酔いなのです。猿田がそう抗議をして、目をつむると、自分の頭を抱え込んだ。博士と最愛を除いて、みんなさっきからお茶ばかりを飲んでいる。

「なに、今からみんなで、猿田を処刑する」

「なんの話です」

猿田が薄目を開けて、エポック博士を見つめた。エポック博士は微笑みながら宣告した。

「被告猿田は、あの美人美形女優の荻原紀香を射止めた罪で、三分間のくすぐりの刑に処す。なお、物的証拠はこれだ」

エポック博士は、テーブルの上に、三枚の写真を広げた。さっそく、猿田以外の顔が覗き込んだ。

「うっ」

最初に反応したのは、びっくりしたことに、愛葉だった。

「本当ですか」

続いて、目黒が両目を見開いて叫んだ。

「まあね」


猿田が満面笑みになって答えた。

「やっちゃえ」

目黒が号令をかけて、みんなで猿田に襲い掛かった。何本もの指が、猿田の金色の体毛の上から、体をくすぐった。

「キキッ、キキッ」

猿田は笑顔のまま、叫びまくりながら、のたうちまわった。

「おめでとう」

「よかったな」

最愛や目黒、それに愛葉の目にも、涙が滲んだ。エポック博士も涙ぐんだ。最後は猿田自身も、涙声で答えた。

「みんな、本当にありがとう」

4

次の週に、猿田のラブ・ロマンスが写真週刊誌に暴露されると、どの放送局でも格好のワイド・ショー・ネタとして取り上げた。背が小学校の低学年くらいしかなくて、毛むくじゃらの猿田と、身長も高く、スタイル抜群の荻原紀香の組み合わせが、絵的にも面白かったのである。もちろん、各局のコメンテイターたちは、初めのうちは興味本位で悪意丸出しの発言が多かった。

「見るからに、不釣合いですよね。長くは続かんでしょう」

「紀香さんも、酔狂ですよね。ぬいぐるみじゃないのだから、ポイ捨てはできませんよ」

しかし、各テレビ局には善意の投書が殺到した。

「醜男の自分も、生きて行く勇気をもらいました」

「不釣合い？　猿田さんが傷つきます。そう言う人の気が知れない」

「やはり、顔や形ではないのですね。そう心に沁みました」

しかし、このような投書が読まれるたびに、猿田は怒り狂った。おれの顔や形のどこが悪い！

しばらくすると、各テレビ局は善意の投書に押されて、二人を好意的に扱うようになった。

こうなると、猿田も進んでインタビューに答えた。

「どのように知り合ったのですか」

「女優で、西武士ファンの吉永黒百合さんから、ぼくのプレーのファンだと紹介されました」

「ご結婚の予定は」

「うーん。このシーズン・オフにでも」

「お子さんは、何人くらいをお望みですか」

「何人でも。毛むくじゃらの女の子が産まれてもいいのなら」

「お互いをなんて呼び合っているのですか」

「ぼくはノンちゃんって。向こうはおサルちゃんって」

「どうぞ、お幸せに」

「はい。ありがとう」

しかし、幸せいっぱいの猿田も、怒濤のストーブ・リーグに巻き込まれて行った。

5

まず、パ・リーグのオーナー会議が、来年度からのプレー・オフ制度導入で紛糾した。予想どおり、下位球団の三人のオーナーが、公式戦を削ってのプレー・オフに大反対をした。西武士以外の上位二球団のオーナーは口を揃えて、去年一度決めたことだと突っ撥ねた。

「でも、二位と三位のプレー・オフで敗退してしまうと、一位とのプレー・オフには出場できないのだぞ」

下位球団のオーナーの一人が、そう叫んだ。すると、上位二チームのオーナーたちは、口を結んで腕組みをしてしまった。

「しかも、プレー・オフの主催権は、上位チームが持つんやで」

「うーん」

「ほら、見ろ。プレー・オフなんかやったって、得する球団は、一位以外の五球団のうちでは、たった一つ、二位チームしかない」

「西武士にエポック隊が登場したやろ、去年の今頃とはパ・リーグの状況がすっかり変わってしもうたんや」

「そうなのだよ。プレー・オフは、考え直そうよ」

下位球団のオーナーたちが、ここぞとばかりに、口々に反対意見を言い放った。

「そやなあ」

上位球団の二人のオーナーも、プレー・オフは実施しない方向へ傾いた。

しかし、このときだった。これまでなにも発言しなかった西武士の筒見オーナーが、いきなり爆弾発言をした。

「でもなあ、エポック隊が、来年も西武士に在籍するとは限らんよ」

6

「そげんこつ！」

「そんな、アホな。どうにか引き止めてえな」

「わてのとこなんか、観客席の大増築工事に入っとるんやで」

「エポック隊は、まだ一年目だろ。FAの権利だってないんとちゃう?」

「あっ、読捨だな。また、あそこがちょっかいを掛けて来たのか」

五人のオーナーは、それぞれが好き勝手な言葉を吐いた。しかし、そのあとで、五人がほとんど同時に叫んだ。

「あっ、大リーグ!」

筒見オーナーは、口を結んだまま、なんども頷いた。

「どこがオファーして来たんや。マイナーズか。アバズレチックスか。あっ、ヤンキースやろ」

筒見オーナーは、今度は首を横に振った。

「ほとんど、全球団だ」

五人のオーナーたちは、互いの顔を見合わせて、深い溜め息を漏らした。

「絶望的やな」

「うん。パ・リーグの人気が沸騰したなんて、今年限りの奇跡たい」

「あーあ。エポック隊の大リーグ入りが発表になる前に、来年度の年間シートを売り尽くさないと」

「球団を手放そうかな」

「そやな。手放すのは、前向きの意見でっせ」

「どこが」

五人のオーナーたちは、下を向いてしまった。筒見オーナーがその五人の顔を見回してから、ゆっくりと口を開いた。

「エポック隊の人気で解ったじゃないか。ファンは普通の人間では決してできない、本物のプロの技が見たいのだ。選手だって力のある者は、自分の力がどこまで通用するか試してみたくもなるさ。だから、今のままでは、日本のプロ野球界は、大リーグに空洞化され続けるだろうよ」

「そんな理屈は、聞き飽きたぜ」

「ばってん、どげんしたら、よかと」

「うん。方法は一つある。だけど、オーナーのみんなに、本当に強い改革の意志があるのか。失敗したら、パ・リーグを潰すくらいの、強い改革の意志が。もしあるならば、抜本的な構造改革を断行できる！」

筒見オーナーは、また五人のオーナーの顔を見回した。今度は五人とも顔を上げて、筒見オーナーの目を見つめ返してきた。

「話してくれないか」

「うん。これを実行できれば、エポック隊だって日本に残るし、日本のプロ野球界の空洞化だって、永遠に防げる」

7

この一週間後に、もう一度、パ・リーグのオーナー会議が秘密裏に催された。そして、先週の筒見提案が全員賛成で可決され、会議終了後マスコミに発表された。それは、驚くべき内容だった。
一　西武士ライオンズはエポック隊を抱えているので、現在のままのチームで、本拠地のみ東京のお台場に移す。
二　投影フライヤーズは札幌ハムに身売りをして、カナダの大リーグ球団を買収し、本拠地を札幌に移す。
三　在阪球団の金徹バッファローズと飯球ブレーブスを統合して、東北の仙台に本拠地を移し、ＩＴ産業の落天がオーナーになる。
四　台湾プロ野球界に声を掛けて、一チームにまとめてもらい、博多の難解ホークスと統合する。本拠地は博多と台北に置き、パ・リーグに加わる。
五　セ・リーグのオーナー会議にも声を掛けて、三つのチームに統合してもらう。
六　大毎はヘッテに身売りをする。そして韓国プロ野球界全体に声を掛けて、ヘッテと一チームにまとめてもらい、ソウルを本拠地にして、セ・リーグに加わる。
七　このセ・パ各四チームを、アジア地区として、そのまま大リーグ機構に入れてもらう。
八　合併で過剰になった選手は、それぞれのチームの３Ａに入る。
九　これまでの二軍選手は、それぞれの地区の２Ａに入る。

［附記］もしセ・リーグが、愚かにも、この申し出を拒絶したときには、西武士、投影、大毎を統合し、また金徹、飯球、難解を統合し、そこへ台湾プロ野球と、韓国プロ野球を加えて、これで四チームを形成して、パ・リーグ単独でも、大リーグにアジア地区として加入する。

8

翌朝のスポーツ新聞は、どの社の新聞も飛ぶように売れた。各社ともに増刷するほどで、新聞の増刷は三島由紀夫事件勃発の日の夕刊以来と言われた。

台湾のプロ野球界からは、基本的に合意すると、すぐに好意的な返事が送られて来た。

韓国のプロ野球界は、いささか揉めた。反対意見の多くは、日本人と組めるものか、お詫びが先だろう、従軍慰安婦問題や徴用工問題はどうする、棚上げは許さんぞ、というものだった。

「でもさ、韓国プロ野球界が一つになって、日本のプロチームを打ち破るのは、気持ちがいいぞ」

「それに、もしかしたらワールド・シリーズで、韓国チームがヤンキースを破って、世界一になったりもするぜ」

これらの世論に負けて、韓国プロ野球界も、大リーグのアジア地区に加入する方針に傾いた。

日本の世論も、筒見案を熱烈に支持した。大リーグには各地区入り乱れての交流試合が組まれている。日本に居ても、マイナーズやヤンキースやダイヤモンドバックスが来日してくれて、日常的に生でイチローやワンちゃんやランディ・ジョンソンの活躍を目の当たりにできるからだ。

この異常な国民的盛り上がりの中で、セ・リーグの緊急オーナー会議が開かれた。

「きっと、鍋常オーナーが、大激怒、大反対するだろうな」

読捨以外の五人のオーナーたちは、こう思いながら、会議の席についた。

「うちらは、いつだって、どうなったって、読捨について行くさ」

「そうじゃん。アメリカの言うことを聞いていれば、平和で無事に金儲けができるのと同じ理屈じゃん」

ところが、セ・リーグの緊急オーナー会議は、五人のオーナーたちが思ってもいなかった方向に展開した。

9

「筒見提案を受けようじゃないか」

読捨の鍋常オーナーが、開口一番に言い放った。

「えっ、受けるのですか」

「いやなのかね」

「いや、めっそうもない」

五人のオーナーたちは、互いの顔を見合わせて、それから口を噤んだ。考えてもいなかった。どうしよう。五人は胸のうちで、煩悶を繰り返した。

しばらくして、五人のうちの一人が口を開いた。

「じゃけん、統合はどないしよったら、いいけんのう」

「そりゃあ、まず在京の国鉄、読捨、太陽が一つでしょうな。ここは譲れん。あとは、まあ犯神と忠日が一つかな。広島は離れているから統合はなし。これで恨みっこなしでしょう」

「賛成じゃん。太陽は国鉄案に賛成じゃん」

「どついたるで。犯神と読捨が一つになってこそ、国際競争に打ち克てる、健全なセ・リーグの発展が望めるんやおまへんか」

「おみゃあさん方、なにをたわけたことを言っとるがね。JRを見てちょう。名古屋と東京を結ぶJR東海が一番だが。忠日と読捨が一つになるに、決まっとるがね」

「じゃけん、広島をばかにしよると、仁義なき戦いを仕掛けるけんのう」

「待て、待て」

読捨の鍋常オーナーが、片手を上げて、五人を制した。

「私に素案がある。聞いてくれ」

鍋常オーナーが一同を見回した。五人は固唾を飲んだ。

んで、耳を痛いほど澄ました。

「まず、国鉄と大洋が統合する。そして、忠日と犯神と広島の三チームが統合する」

「じゃけん、読捨は」

「まさか、ヤンキースと合併なんて、言い出さんやろね」

「そんなの、困るが」

また、会議室はかまびすしくなった。鍋常オーナーが、ふたたび片手を上げて、一同を諌めた。

「うちは、統合しない。純潔で行く。これに、韓国のプロ野球を加えて、四チームだ」

「純潔か」

「まあ、恨みっこなしじゃん」

「よろしいんとちゃうか。四チームやったら、読捨と当たることも今よりも多くなるやろ、大リーグとも交流試合ができるよって、もうかりまっせ」

「なに言うとるがね。わしらも大リーグだが」

「じゃけん、選手も大リーグに出て行かんようになるけんのう」

鍋常オーナーは、五人の顔を一人一人見て、それからはっきりと言い下した。

「では、セ・リーグも、筒見案に原則賛成で、いいね」

「異議なし」

10

ドラフト会議直前の、十一月二十日のことだった。日本プロ野球機構は、韓国、台湾のプロ野球機構と歩調を合わせて、アメリカの大リーグ機構に、アジア地区としての加入を正式に申し込んだ。

マスコミは連日、筒見オーナーの〈奇跡的なジャンプ・アップ〉と書き上げて、早くも新チームの戦力分析や、３Ａに落とされるであろう選手たちの悲哀を書き立てた。

日本中、いや韓国国内でも、台湾でも、大リーグからのＯＫの返事を待ちに待っていた。

11

大リーグ機構から返事が来たのは、一ヶ月以上経ったクリスマス・イヴだった。

エポック博士は筒見オーナーに呼び出されて、ロタ島からサイパン経由で、成田空港に降り立った。あらかじめ指定されていた空港内のVIPラウンジへ行くと、西球団代表が待ち受けていて、そのままクルマで品川のプリンセス・ホテルへ連れて行かれた。

「エポック隊のみなさんは、その後お元気ですか」

「ええ。もうロタ島で、来季のためにリハビリを始めていますよ」

車中での二人の会話は、これだけだった。どうやら西球団代表は、筒見オーナーから「私が話す」と口止めされている様子だった。

「お話合いの後、今夜はこのホテルにお泊りください。部屋はとってありますから」

西球団代表はフロントに言いつけて、部屋の鍵を受け取ると、そのままエポック博士の手に預けた。

鍵の番号を見ると、最上階の番号で、どうやらスイート・ルームのようだった。

「こちらで、お待ちかねです」

一階のラウンジに案内されると、奥のテーブルで、筒見オーナーが立ち上がった。

「遠い所を急にご足労戴いて」

筒見オーナーは満面笑みを浮かべて、右手を差し出した。エポック博士も右手を伸ばして、堅い握手を交わした。

「まあ、お掛けください。コーヒーでいいですか」

「ええ」

エポック博士が坐りながら頷くと、筒見オーナーは西球団代表にあごで席を外すように合図をした。

「お元気そうだね」

「いやあ、なんて言いましたっけ。医者の不要じゃ、です」

「ああ、それならけっこう」

エポック博士は会話が噛み合わないので、医者の不要じゃ、ではなかったのだなと思った。

「ところで、さっそくだけれどね」

筒見オーナーはアタッシュ・ケースの中から、DHLと大きく書いてあるA4サイズの封筒を取り出した。

「大リーグ機構からの返事が、今朝届いたんだよ。まあ、見てやってくれ」

筒見オーナーは、封筒をエポック博士の方へ押し出した。エポック博士は封筒を引き寄せて、中から用紙を引き出した。

「コミッショナーと各オーナーには、これをファックスで送っておいた」

エポック博士は用紙を広げて、タイプライターの活字を読み始めた。要点はこういうことだった。

「慎重に検討した結果、MLBとしては、今回はご希望にそいかねるとの結論に達しました。アジア・リーグを入れるとなると、メキシカン・リーグやサウス・アメリカン・リーグも入れなくては、人種差別と言われかねません。自由と平等を掲げるMLBとしては、どのリーグも加えたいのですが、これは数的に甚だ困難です。悪しからず」

エポック博士は読み終わると、それをもう一度たたんで、封筒の中にしまい込んだ。それを見て、筒見オーナーがふたたび口をきいた。

「マスコミには、まだこの結果は話していない。今夜緊急の十二球団オーナー会議を招集したからさ、そこで対策を練ってから、記者会見だな。みんな、この話には期待していたからな。さぞ、がっかりするだろうな」

「腹が立ちますね」

エポック博士は、本気で怒っていた。

「アメリカ人らしいよ」

筒見オーナーは肩を落としながら、ぼそっと付け足した。

「自分たちが、一番上だと思い込んでいる」

「筒見さん。やつらの高い鼻っ柱を、なんとかへし折ってやりたいですね」

「おいおい、まるでビン・ラディンみたいなせりふだね」

「そんな心境ですよ」

「でも、もう方法がないだろう」

「うーん」

エポック博士は腕組みをして、しばらく両目をつむっていた。そして、ふたたび瞼を開けると、筒見オーナーに鋭い視線を浴びせた。

「ひとつ、ありますよ」

「あるかね」

「ええ。現在、大リーグで売りに出されている球団が、二つあります。この二つの球団を、代理人を通して極秘のうちに、パ・リーグとセ・リーグで買い取ってしまいましょう」

筒見オーナーは、なにも答えなかった。反対なのか。そう思ったら、いきなり大声で笑い出した。周囲のテーブルの客たちが、両眉をしかめて、筒見オーナーを見つめている。

「そりゃいい。じつに、いい考えだ。パ・リーグならパ・リーグで、パ・リーグが経営する大リーグのチームに、優秀な選手を送ればいいわけだな。これはいい」

「でも、その代わり、日本のプロ野球は、完全に３Ａ化しますよ」

「いいさ。今のままでも、大リーグに優秀な選手を取られて、日本のプロ野球界は空洞化しているのだ。自分たちで、その大リーグにチームを持てば、空洞化もへったくりもない」

筒見オーナーはからからと笑った。

「これで、今夜のオーナー会議に、みやげができた」

「まとまるといいですね」

「まとまるさ。そうだ、その二チームに、台湾や韓国の優秀な選手も入団させよう。今回、迷惑をかけたからな」

筒見オーナーは、エポック博士を見て、にこりと笑った。エポック博士も微笑み返して答えた。

「いいですね。アジアン・パワーだ」

12

筒見オーナーは、オーナー会議の会場に向かう道すがら、鼻歌でも飛び出しそうな気持ちだった。

どんなチーム名がいいかな。ひとつは、こんなのでどうかな。マウント・フジ・セントラルズ。うん、いいね。うちらは、どうしようかな。ゲイシャ・ガール・パシフィックス。まさかね。これはどうかな。ミカド・パシフィックス。うん、まあまあだな。でも、右傾化と言われかねないな。では、サムライ・ブルー・パシフィックスはどうだろう。いや、まあ、どちらも一般公募にするか。

十二球団緊急オーナー会議は、重苦しい雰囲気の中で始まった。どのオーナーもファックスを読んで、真っ青になって、すっ飛んで来たのだった。

読捨の鍋常オーナーが、口火を切った。

「まったく、MLBは何様のつもりだ。わしは今晩はっきりと提案するぞ。日本プロ野球界は、本日をもって、鎖国だ。アジア系以外の外国人選手は、全員本国へ強制送還だ。うちのワンちゃんだって、呼び戻す。どうだ、これで」

「賛成」

セ・リーグの五人のオーナーが、すぐに賛同した。口々に、ワンちゃんを呼び戻すのはいい、などと呟いている。

「鎖国、でっか」

金徹のオーナーが、首をひねりながら、発言した。

「パ・リーグには、客を呼べる外国人選手が、たいそうおりますねん。うちんとこの無頼アントや、大毎のラフィーバー、アルトマン、飯球のスペンサーやブーマーと、もう仰山おりまっせ。あんた、無頼アントなんか、大阪弁で喧嘩しよるねん」

「でも、西武士のエポック隊が、大リーグに行けなくなるのは歓迎だなあ」

「いや、エポック隊とは、一年契約だからね。それに、彼らを日本のプロ野球機構の権力では抑えられないよ」

筒見オーナーは、苦笑いをした。

「じゃあ、鎖国には、反対だ」

「わてかて、反対や」

「反対ばい」

パ・リーグの五人のオーナーが、鎖国に反対を表明した。すると、鍋常オーナーは立ち上がって、大声で怒鳴った。

「じゃあ、セ・リーグだけで、鎖国をするまでだ。パ・リーグは、エポック隊でも、フトシでも、野藻でも、イチローでも、タルビッシュでも、マーくんでも、違和熊でも、松逆でも、誰でも、どんどん大リーグに取られたらいい。わしは、帰るぞ」

「鍋常さん」

西武士の筒見オーナーが、鍋常の背中に優しく声を掛けた。

「私の意見を聞いてからにしてくださいな」

鍋常オーナーは振り返って、筒見オーナーを見据えた。

「ほう。新しい提案をお持ちか」

「ええ」

「わかった。聴かしてもらおう」


鍋常オーナーは、ふたたび席に着いた。それを見て、筒見オーナーは微笑むと、穏やかに話し始めた。

「今、大リーグで、二チームが売りに出ています」

13

その夜、品川の街にもジングル・ベルが流れて、赤い服のサンタたちが街角で客の引き込みをしていた。

エポック博士はスイート・ルームの窓から、そんな異国のクリスマス・イヴの風景を見下ろしていた。

「もう寝るか」

このとき、予期せぬ電話が鳴った。エポック博士が振り返って、ベッドの近くの時計を見ると、あと三分で日付が変わるところだった。間違い電話かな。初めはそう考えて、出るのをやめようかと思った。でも、万が一、ロタの病院からだったら。そう思うと、五人の顔が思い浮かんで、気づくと受話器を握っていた。

「もしもし、エポック博士かね」

知らない男の声だった。エポック博士は、先日の写真週刊誌の記者を思い出して、とりあえず警戒した。

「ええ。あなたは」

「読捨の鍋常だ。ご存知かね」

「ご高名だけは」

すると、受話器の中で、笑い声が起こった。

「それなら、話は早い。どうしても今晩中に、博士とお会いしたくて。じつは今下のロビーに来ている。会ってくれるかな」

「噂どおり、強引な方ですね」

今度は、エポック博士が笑い声を立てた。

「いいでしょう。今、降りて行きます」

14

エポック博士がエレベーターで一階に下りて行くと、鍋常オーナーはエレベーターの前で待ち構えていた。

「あそこに、坐ろう」


鍋常オーナーは、ロビーのソファーを指差した。二人で向かい合って腰掛けると、さっそく鍋常オーナーがしゃべり始めた。

「今夜のオーナー会議で、筒見さんから博士の提案が出された。大リーグの二チームを買い取ろうとね。それで基本的には、どのオーナーも賛成した。ところが、値段を聴いてね、みんな怖気づいちゃった」

「八百億円と六百億円、にですか」

「そう。筒見さんは、セ・リーグが八百億円のチームを、パ・リーグは六百億円のチームを買い上げたらいい、と主張した。だから、パ・リーグは一球団百億円の出資だ。ところが、あるチームは本社だって危ないときなのに、とてもじゃないが百億円も出せないと言うのだ。他のあるチームも本社に不祥事があってな、製品の売れ行きが悪いときだから、パスだと言う。残りの四チームで割り勘ならば、今度は金徹が降りると言い出してなあ。結局、パ・リーグは、大リーグを買わない決定を下したよ」

「そうですか」

エポック博士は、両肩を落とした。筒見オーナーも、さぞやがっかりしたことだろう。

「で、セ・リーグも、事情は同じだ。金の話になったら、まず広島が席を立った。あそこは市民球団だからな。ついで、太陽も、パスだと言う。国鉄も弱気になってな。一枚、一枚、切符を売っている駅員さんたちに、説明できないとか、時代錯誤の言い訳だ。大リーグを持てば、親会社の地道な社員にこそ、夢を与えられるのにな。そういくら話しても、解ろうとしない。きっと別の理由があるのだろう。結局、残ったのは、うちと、うちのライバルを自称している忠日と、たぶんドタキャンするに違いない犯神だけになった」

「すると、セ・リーグは、買うのですね」

エポック博士は、目を輝かせた。

「いや、わしが降りた」

「なんだ、そうですか」

エポック博士は、両眉を寄せて、溜め息をついた。


「そうさ。セ・リーグの全球団で買うのなら、その意義も解る。でも、なんで半分の三球団で金を出し合うのだ。貧乏くさい。それなら、いっそ、うちだけで購入するさ」

15

「そこでだ、エポック博士に、折り入って相談があるのだ」

鍋常オーナーは、体をぐっと前に乗り出して、エポック博士の顔を見据えた。

「なんでしょう」

「うん。エポック隊は、パ・リーグが買い取る大リーグの球団に、入団するつもりだったのだろう」

「ええ」

エポック博士も鍋常オーナーの目を見つめ返した。

「しかし、パ・リーグは大リーグの球団を買わない。西武士も一球団で大リーグの球団は買えない。となると、エポック隊は、どこへ行く?」

「なんかエポック隊が、ひょっこりひょうたん島みたいですねえ」

　ギャグが古過ぎたのか、鍋常オーナーはにこりともしてくれなかった。エポック博士はがっかりして、小さな溜め息をついた。鍋常オーナーが固い口調で言った。

「冗談はともかく、エポック隊は日本を見捨てて、大リーグに行ってしまうのか」

「いや」

「行かないのか」

　うーん。エポック博士は両腕を胸の前で組んで、深い溜め息を吐いた。そして、しばらくしてから口を開いた。

「大リーグの既成の球団に入るつもりはありません」

「そうだろうな」

　鍋常オーナーは、大きく頷いた。

「大リーグの既成の球団に入るのなら、西武士に入らずに、初めからそうしていたはずだものな」

「いや、ちょっと違いますが」


　エポック博士は、胸のうちで警戒した。鍋常オーナーは、人の評判よりも、よっぽど理詰めで冷静な人だ。

「じゃあ、エポック隊は、西武士ライオンズに残るのか」

「今年と同じ行動をしても、意味がありません」

「うん」

　鍋常オーナーは、なんどもあごを縦に振った。

「で、どうする」

「わかりません」

「うん」

　鍋常オーナーは頷くと、いちだんと身を乗り出して来た。

「うちへ来ないか」

「えっ」

「いや、読捨ジャイアンツではない。うちが買収する大リーグの球団に、だ」

16

エポック博士はしばらく絶句して、ただ鍋常オーナーの顔を見つめていた。

「というより、エポック隊が来てくれるなら、エポック隊のために、うちが大リーグを一球団買収しよう」

「待ってください」

エポック博士は右手を前に伸ばして、鍋常オーナーの話を止めると、両目をつむった。話の展開が急すぎて、頭の中が真っ白だった。整理しないと、なにも考えが浮かんで来ない。

「そうですね」

しばらくして、エポック博士が、両目を開けた。そして、小さな溜め息をつくと、やっと重い口を開き始めた。

「エポック隊は、この一年間、ドン・キホーテだったのです」

「ドン・キホーテって、あのラマンチャの男のことか」

今度は、鍋常オーナーがびっくりして、口をあんぐりさせた。

「ええ。エポック隊は、まずは〈くたばれ、ジャイアンツ!〉と思って来日したのです。読捨ジャイアンツは、人気もあるし、お金もあるし、本社がマスコミという、恵まれた球団です。しかし、それをいいことに、他球団がやっと育てた優秀な選手を、みんなお金で掻き集めてしまう。おかげで、もともと人気のないパ・リーグなどは、実力もなくなって、セ・リーグの二軍と化したわけです。その極めつけが、去年の日本シリーズでした。パ・リーグで九十勝もしたライオンズが、セ・リーグの覇者ジャイアンツに、まったく歯が立たなかった。読捨ジャイアンツの一人勝ちです。それを見て、エポック隊は、とりあえず西武士ライオンズへ入団して、パ・リーグの空洞化を埋めようとしたわけです」

エポック博士は、ここまでいっきに話すと、唾を飲み込んだ。その隙をついて、鍋常オーナーが口をきいた。

「十二分に、仕事をしたではないか。おかげで、今度はジャイアンツがひどい目にあった」

「そこなのですよ。エポック隊が、ドン・キホーテなのは」

「どういうことかね」

鍋常オーナーは小首を傾げた。

「今年のジャイアンツには、四番のワンちゃんが居なかったでしょ」

「ドン・キホーテとの関連が、わからん」

「ワンちゃんが、怪我で居なかったのなら、問題はなかったのです」

エポック博士は、口の形を笑いにした。しかし、笑い声は聞こえなかった。

「ジャイアンツは、去年まで他球団の天井だったのです。優秀な選手は、FA制度で、ジャイアンツに行く。ところが、そのジャイアンツの四番だったワンちゃんが、大リーグに行ってしまった。これは、パ・リーグの野藻やイヂローが、大リーグに行ったのとは、意味が違うのです。つまり、日本のプロ野球界の天井が抜けてしまったのです。エポック隊が〈くたばれ、ジャイアンツ!〉と思った、当のジャイアンツは、もうどこにもなかったわけです」

「日本プロ野球界全体が、大リーグの3Aに成り下がったわけだな」

「そうです。まあ、パ・リーグは2Aでしょうが」

二人は同時に深い溜め息をついた。

「だから、エポック隊の敵は、読捨ジャイアンツではなかったのです。3Aも2Aも、一緒ですから。この一年間、エポック隊は読み違いをして、ドン・キホーテでした」

「いや、そうでもないさ」

鍋常オーナーは、笑顔で言い放った。

「エポック隊は、日本の野球ファンに、そしてわしにも、野球の本当の面白さがなにかを再認識させてくれた。あれだけ独走しても、消化試合でも、客が入る。エポック隊は、ドン・キホーテどころか、二十一世紀のONだよ。そう、日本のプロ野球界の宝だ」

17

「どうする。うちが買収する大リーグの球団に、エポック隊は入ってくれるか」

二人は互いの目を見つめ合った。

「お断り致しましょう」

「断るのか」

「ええ」

二人は微笑み合った。

「どうしてだ」

鍋常オーナーは、微笑みを浮かべたままで訊いた。

エポック博士も微笑んだままで答えた。

「お解かりだと思いますが」

「博士の言葉で言ってくれ」

「読捨だけで買収した、鍋常オーナーがオーナーの、大リーグの球団に入れば、それはワンちゃんが居たときの読捨ジャイアンツに、パ・リーグから移籍するのと同じだからです」

「そうだな」

「ええ。〈くたばれ、ジャイアンツ!〉です」

二人は声を出して笑い合った。

「しかし、多くの日本のプロ野球ファンが、エポック隊のプレーを観たがっているのも事実だぞ」

「どうしたらいいのか」

エポック博士は、言葉を詰まらせて、上を向いた。

鍋常オーナーが明るい口調で言った。

「悩みなさんな」

「とは言っても」

「そうだな。悩んだときは、単純に考える。シンプル・イズ・ベスト。これがいちばんさ」

鍋常オーナーも、両腕を組んで、上を向いた。

「シンプル・イズ・ベスト、か」

エポック博士は、やっと箴言を間違えずに言えた。しかし、よく考えてみると、これは日本語ではなかった。

クリスマス・イヴだった夜も、そろそろ明けようとしていた。品川プリンセス・ホテルのロビーには、二人のいい歳の男が上を向いている以外は、ねずみの影も見当たらなかった。

18

「わかった。わしが折れよう」

鍋常オーナーが顔の位置を元に戻して、エポック博士を見つめた。

「どういうことです」

エポック博士も顔の位置を元に戻して、鍋常オーナーを見つめ返した。

「わしも、単純に、エポック隊のプレーが観たい」

「ありがとうございます」

エポック博士はお礼を述べながら、小首を傾げた。

「だから、読捨が独自に、大リーグの球団を買収する計画は、残念だが廃案にする。と言って、両リーグで買収する名案は、もう蹴られている。そこでだ、この際、どうだろう。日本という国が大リーグを一球団買収するのは」

「えっ」

「日本だよ、この国。ジャパン。ジパング。日本がMLBを一球団買収するのだ」

鍋常オーナーは、グッド・アイディアだろうと付け足して、胸を張った。

「でも、どうやって、それを」

「なに、わしから、安屁総理に申し入れる。総理だって、この景気の悪さから来る、支持率低下に悩んでおられる。日本が大リーグの一球団を持つと言えば、総理の人気回復は間違いないし、だいいち世の中が明るくなる。明るくなれば、購買力も増大して、景気も少しは上向きになる。総理は、まずのってくる」

「うまく行くと、確かに面白いですね」

エポック博士の頭の中に、ふたたび夢が広がった。

「うまく行くさ。わしの名前を表に出さなければいい。総理に根回しはする。だから、エポック博士が表で動いてくれ」

「わかりました」

「よし、決まりだ。もう寝よう」

19

　年明けに、エポック博士は総理官邸に呼び出された。

「球団名は、マウントフジ・チェリーズで、どうだ」

　安屁総理はにこにこと笑いながら、エポック博士に話し掛けた。エポック博士も口元に笑みを湛えながら答えた。

「チェリーは、まずいのでは」

「そうかね」

「ええ。すぐ散ってしまいそうですよ」

「なるほど」

　総理は頭の後ろに手を置いて、大笑いした。

　総理の話では、最大野党の立憲民主党にも、この案件に反対する声は皆無だそうである。

「労働者の血税をそんな無駄な球遊びに使うな」

　社民党と共産党の中には、こういう声も根強くあるそうだ。しかし、両党の中にも、熱烈なプロ野球ファンの議員が居て、内部で熱い議論が続いているらしい。

「いや、無駄ではないぞ。それどころか、労働者にとっては、生きがいにすらなる」

「それがまずいのだ。これは政府の労働者に対する、目くらましだ。こんなもので労働者を騙して、大いに働かせておいて、きっとこのあと、一流選手を獲得するためと言い出して、増税しようとするぞ」

「いいじゃないか。アメリカの戦争支援に金を出すより、よっぽどましだ」

　こんな議論だ。総理はにこにこしながら話を続けた。まあ、どっちにしろ、立憲民主党が反対しなければ、うまく行くさ。

「で、管轄母体だが、文部科学省に担当させるつもりだ」

20

　一月の中旬になって、エポック博士はふたたび総理官邸に呼ばれた。

「日本国として、正式に買収を決めた。さっそく代理人に依頼してくれ」

総理から、いよいよこう言い渡されるのだ。エポック博士はわくわくどきどきしながら、総理官邸に向かった。

しかし、総理は執務が多忙とかで、会えなかった。代わりに、文部科学大臣が応対してくれた。

「遺憾ながら、ご期待に応えられない」

「えっ」

「ほぼ、決まっていたのだよ。でもね、最後の最後で、同じ自民党内の抵抗勢力がね、総理の人気が復活するのを煙たがった。それで、ぽしゃった」

21

エポック博士は、鍋常・筒見の両オーナーに電話を繋いだ。そして、今回の結果報告をすると、その日のうちにサイパン経由でロタ島に戻った。

ロタ島でも、エポック隊は英雄扱いだった。

「日本のプロ野球で大活躍をして、今度はＭＬＢに殴り込みだ」

島民全員が、そう信じていた。

エポック博士がロタの空港から一歩外に出ると、たまたまそこに居合わせたロコたちが、「あっ博士だ。博士はおれのクルマで送る」と言い争った。結果一番声の大きい男が、自分のクルマの助手席に押し込んだ。でも、エポック博士は助手席で、両眉を寄せていた。

「ファイ?」

運転手が、顔を覗き込んで来た。

「ノー・プロブレム!」

エポック博士は首を振ると、また黙り込んだ。優しいロコは気遣いをみせて、もう話し掛けて来なかった。

クルマは信号のない海岸通りを突っ走って、ソンソン・ビレッジの出入り口まで来た。ここから、道路は三本に分かれる。そのうちの一本は海岸通りだけれど、すぐに行き止まりになってしまう。しかし、その行き止まりの手前に、真っ白いコンクリート・

ハウスが建っていて、その家で猿田が女優の荻原紀香と、新婚生活を満喫しているのだった。二人は小さな船を買って、珊瑚礁の外にまで、ダイブや釣りに出掛けるという。

エポック博士は、思わずそっちの方向に顔を向けた。しかし、車窓からは、彼らの家は見えなかった。

「幸せになれる者から、なればいい」

エポック博士は、運転手に気づかれないように、小さな声で呟いた。でも、これは中国の要人が言った、金持ちになれる者から、なればいい、のパクリだった。

クルマは中央通りを進んだ。どうやら、ロタ病院まで、送ってくれるようだった。

22

翌朝早くに、エポック博士は、電話の呼び出し音で起こされた。寝ぼけ眼で出てみると、相手は朝とは思えない快活な声で話し掛けて来た。女性だった。

「石原百合子です」

「はあ」

「わかりますか」

エポック博士は、しばらく沈黙した。頭が働いていなかった。

「都知事の、石原です」

「あっ」

「わかりましたね、その石原です。さっそくですが、今回の総理との話し合いの件、都議の自民党議員から結果を聴きました。そこで、博士。島に戻られたばかりで恐縮なのですが、本日都庁に来て戴けませんか」

「えっ、きょう、ですか」

「ええ。わざわざ、いらして戴くのですから、博士にとって悪い話ではありません。国に代わって、東京都がＭＬＢの一球団を買収しようと思っています。そこで、博士と詳細を詰めたいのです」

23

その日の夕方、エポック博士は、都庁の知事室に入った。

「まあ、よく来てくださいました」

石原都知事はエポック博士に右手を差し出して、握手を交わすと、ソファーに腰を下ろすように勧めてくれた。

「さっそくですが」

石原都知事は、すぐに本題に入った。

「八百億円の球団と六百億円の球団との違いはなんでしょう」

「強い、弱い、です」

「ならば、六百億円の球団で、いいかしら?」

「ええ」

エポック博士は、大きく頷いた。

「どうせ、選手は総入れ替えしますから」

「では、六百億円の球団を買収するように、今晩中にでも代理人に手を打ってください」

「わかりました」

エポック博士がふたたび頷くと、都知事は初めてにこりと笑った。


「その代理人ですけれど、まさかドン・野村ではないですよね」

「違いますが、なにか」

「いや、ドン・野村は日本で評判が悪くてね。あとできっと日本のプロ野球界と揉めるから」

「大丈夫です。ロタ島に別荘を持つマイク・L・オギーフィールドという男です。やり手ではありますが、揉め事は起こさないタイプです」

エポック博士も、にこりと笑った。

24

「あと、本拠地ですが」

石原都知事は、顔から笑いを消して、訊いてきた。

「移転は、可能ですか」

「不可能では、ありません。オーナー会議の了承が必要ですが」

「そうですか。じつは、筒見さんからの推薦もありましてね」

都知事は立ち上がると、東京都の大きな地図を持って来た。

「今シーズンは東京ドームでも使うとして、来シーズンまでには、ここに新ドーム球場を建設しようと思うのです」

都知事が人差し指の先で突いた場所は、お台場だった。

「カジノは、やめたのですか」

「いや、統合型リゾート施設ＩＲの隣に造るのです」

25

「エポック隊以外の選手は、どうやって集めるつもりですか」

「サッカーのワールド・カップと同じです。日本のプロ野球界が、純粋に力を合わせて、全日本チームを形成するのです。具体的には、十二球団のオーナー会議にかけて、各チームから二、三名の、大リーグで十分通用する、優秀な選手を名指しで借り受けます」


「貸してくれますか」

都知事は首を傾げた。

「もちろんです。それも、きっと喜んで」

エポック博士は微笑むと、話を続けた。

「どのオーナーも最も恐れているのは、現状のままでの放置です。スター選手が大リーグに行きっ放しになる事態です。それは、日本のプロ野球界が大リーグの二軍に成り下がり、明日にも空洞化が完了する結末を意味しています」

「まあ、そうですね。今は衛星放送で、リアル・タイムで、大リーグのゲームを観られますからね。なにもスター選手が居ない、日本のプロ野球を観なくてもいい」

と、こういうことでしょ。都知事はこう呟いて、自分で頷いた。

「でも、去年までは、読捨ジャイアンツが、パ・リーグを犠牲にして、その歯止めになっていたのです。エポック隊は、そんなパ・リーグをどうにかしたいと思って、まず西武士に入団したわけです。とところが、その同じ年に、ワンちゃんが大リーグの名門ヤンキースに行ってしまった。もう、〈くたばれ、ジャイアンツ！〉ではなかったのですよ。〈くたばれ、ヤンキース！〉だったのですね。だから、エポック隊のパ・リーグでの活躍とは関係なく、セ・リーグのパ・リーグ化、つまり日本のプロ野球界の空洞化が、現実に始まったわけです」

「〈くたばれ、ヤンキース！〉ですか。そんなヒット・ミュージカルが、昔ブロードウェイで掛かっていましたね。そう言えば、映画にもなったわね。でも、エポック隊が、今年も西武士で大活躍すれば、日本プロ野球界の空洞化に歯止めがかかるのと違いますか」

都知事は両眉を寄せた。エポック博士はあわてて、右の手のひらを都知事に向けると、横に振った。

「エポック隊とか、誰それとかの、選手個人の力では空洞化を遅らせるのが精一杯です。基本的な解決にはなりません。ここに気づいた各オーナーたちは、この危機を目の前にして、日本のプロ野球界の構造改革を真摯に求めています」

「東京都の大リーグ球団に、選手を貸し出せば、真摯な構造改革になりますか」

都知事の顔に微笑みが戻った。

「なります。ワールド・カップの全日本の選手ならば、元のＪ１のチームに所属したままです。つまり、東京都の大リーグ球団がワールド・カップの全日本チームで、セ、パ両リーグの十二球団がＪ１のチームだと考えれば、いいわけです。これは日本プロ野球界の空洞化とは違います。セ・パ両リーグの存在価値そのものが、横へ変化するだけですから」

「その試合に、観客が入るでしょうか」

「入りますよ」

エポック博士は、強い口調で言った。

「本当に？」

「ええ。アメリカの３Ａですら、独立採算制で成り立っている」

「日本で、なじみますか」

「もう、なじんでいますよ。ワールド・カップでなくても、J1の試合にも十分観客が入っている」

エポック博士は、いつにもなく熱弁をふるってい た。知事室の窓の外は、いつしか暗くなって、ネオ ンの輝きが目立つようになっていた。石原都知事が にやりと笑って、片手を上げると、エポック博士の 口の動きを止めた。

「続きは、お食事でもご一緒しながら伺いましょ う」

26

エポック博士に、ロタ島に別荘を持つ代理人から、 E・メールが送られて来た。

〈依頼された球団の買収に成功。六百億円で合意 に達した〉

エポック博士はさっそく、簡単なコメントを付け 足して、石原都知事に転送した。間もなく、都知事 から電話が入った。

「今から出て来ませんか。祝杯でも挙げながら、 一緒に球団名でも考えましょう」


エポック博士は品川のホテルの前で、タクシーを 拾って、指定された銀座のショット・バーへ出向い た。席はカウンターだけの狭いバーで、モダン・ジ ャズが流れていたが、タバコの煙はどこにも見当た らなかった。

「禁煙バーですか」

都知事が、返事の代わりに、にこりと笑った。そ して、目の前のバーテンに、空きになったグラスを 示した。

「ハイ・ボールをもう一杯」

「同じものを」

エポック博士もバーテンの顔を見ながら注文を出 した。

この前、都知事と初めて夕食を共にしたときに、 エポック博士は店に充満していた紫煙にむせた。都 知事は、きっとそれを覚えていたのだろう。

「いい名前を思いつきましたか」

「いや。都知事は」

「ええ、まあ。上は必然的に、〈TOKYO〉ですよね。問題は下の愛称です」

二人はしばらく黙り込んで、ハイ・ボールに口をつけた。先に言葉を口にしたのは、都知事だった。

「〈東京ゼロセンズ〉は、まずいでしょうね」

「ええ、たぶん。〈東京カイテンズ〉も、きっと」

エポック博士が笑いながら言った。都知事も笑って答えた。

「〈東京カイテンズ〉ですか。今のアメリカ人なら、回転寿司屋がスポンサーの、大リーグチームだと思いますよ」

このあとは、二人で思いつくままに、なんでも口にしてみた。

「東京アトムズ。うーん、口に出してみると、手塚治先生の漫画よりも、原子爆弾のイメージですね」

「では、東京ラブ&ピース。うーん、なんか、髪の毛ぼうぼうの、ヒッピー不潔集団みたい」

「東京アルカイーダ。これでは、アメリカ人にけんかを売っているか」

また、二人で黙り込んで、ネーミングに知恵を絞った。

エポック博士は、じつは名前はどうでもよかった。ただこのように、楽しい明日を考えていると、時間があっという間に過ぎ去った。

27

「東京に、大リーグの新チーム誕生！」

スポーツ新聞の一面には、もう一週間も続けて、この種の見出しが躍っていた。

都知事とエポック博士は、テレビや雑誌に追い回された。二人とも、今後の営業を考えて、なるべくマスコミには登場した。またエポック博士は、日本のプロ野球界とも密接に連絡を取り合って、惜しみない協力をするとの約束を取り付けていた。

ところが、明日渡米して、正式契約を結ぶという段階になって、ＭＬＢのコミッショナーから横槍が入った。

「ＭＬＢの本拠地は、アメリカ合衆国以外の土地に移転することはできない」

エポック博士は、ふたたび激怒した。コミッショナーに直接、国際電話を入れて、東京移転を認めてくれるように改めて交渉した。

「カナダが本拠地の、ブルージェイズのような球団もあるではないですか」

「ノー」

コミッショナーは、この一点張りだった。

「せっかく、ここまで詰めて来たのに」

「ファンもがっかりするだろうな」

エポック博士は、最後の最後に来て、この話も潰れるのかと覚悟をした。東京都が買収したのに、本拠地を東京に置けない。これなら、都知事はこの話からおりるだろう。

エポック博士は、重い足取りで、都庁に出向いた。知事室に入ると、ありのままを報告した。

「わかりました」

都知事は頷いて、それから吐き捨てるように言った。

「くたばれ、ＭＬＢ！」

エポック博士も、同じ言葉を吐き捨てた。

28

「どうにかしましょう」

都知事は、なんども頷いた。

「乗りかかった船です」

「えっ、紀香が買った船、ですか」

「そうです。お台場は、あきらめました。でも、これ以上はあきらめません」

「ということは」

エポック博士に、ふたたび希望が湧いて来た。

「博士、あれをごらんください」

都知事が部屋の片隅を指差した。そこには大きな麻袋が、いくつも積まれていた。

「なんですか、あれは」

「今度の大リーグ経営に対する、全国からの、感謝と激励の手紙です。お年寄りやご病気の方や受験生やハンディを背負った方や失業中の方や被災地の方や、この種の弱者と言われている多くの方たち、つまり今まで政治家を信用せずに毛嫌いしていた人たちですね、この人たちから大きな期待が都知事の私に寄せられているのです。まあ、東京が元気ならば、日本も元気になる。今さら、本拠地問題くらいで、後には引けません」

「えっ、それなら買収するのですね、紀香が買った船で」

「ええ、買収します」

29

「その代わり、やられっぱなしではありません」

都知事は両目を細めて、眉間に縦ジワを作った。

「わたしはアメリカに、ノーと言える日本人です。チーム名は東京サムライズにしましょう。武士道精神で大リーガーたちの鼻っ柱をぶった切ってやる。本拠地は、ハワイの」

都知事は、ここで息継ぎをした。エポック博士は、身震いした。土地名を聴くのが恐ろしかった。

都知事は水を飲んで、それから落ち着いた声で言った。

「本拠地は、ハワイの」

「パール・ハーバー、ですか」

「いや、ダイヤモンド・ヘッドです。その麓です」

「はあ?」

エポック博士は、がくりとこけた。

「パール・ハーバーではないのですか」

「一度使った手は、二度と使いません」

30

都知事は三ヶ月の突貫工事で、ダイヤモンド・ヘッドの麓に、ドーム球場を建設すると約束した。それまでは、今までのオーナーが保有している、アメリカ本土の球場に、仮住まいする契約を結んだ。また東京都はダイヤモンド・ヘッド周辺の高級ホテルを次々に買い占めて、アメリカ人の度肝を抜いた。

「なに、都民の保養所ですよ」

エポック博士も、開幕までの一ヶ月は多忙を極めた。成り行きで、都知事からの要請どおり、東京サムライズの初代監督を引き受けてしまったからである。

エポック博士は、東京サムライズに選抜された一人一人の選手と、相手が納得いくまでなんどでも面談を重ねた。

しかも、二月一日からは、サイパンで、東京サムライズのキャンプを張った。エポック隊も、全員がこのキャンプに参加した。

「監督。初年度の、キャッチ・コピーを教えてください」

多くのマスコミ陣に取り囲まれて、エポック監督は左目をつむると、頭を右肩に傾けて、そこからびくんと元の位置に跳ね上げた。

「日出國乃」

「日いずる国の…」

記者の一人がエポック博士の言葉をなぞった。

すると、エポック博士はいきなり笑顔になって、力強くこう言い放った。

「くたばれ、ヤンキース！」

（了）

荻原雄一（おぎはら ゆういち）の著書

（小説）：
『魂極る』（オレンジ - ポコ、1983）
『消えたモーテルジャック』（立風書房、1986）
『楽園の腐ったリンゴ』（立風書房、1988）
『小説　鴎外の恋　永遠の今』（立風書房、1991）
『北京のスカート』（高文堂出版社、1995／のべる出版、2011）
『もうひとつの憂國』（夏目書房、2000）
『靖国炎上』（夏目書房、2006）
『漱石、百年の恋。子規、最期の恋。』（未知谷、2017）』
（ノン - フィクション）：
『〈漱石の初恋〉を探して』（未知谷　2016）
（翻訳）：
『ニューヨークは泣かない』（夏目書房、2004／のべる出版、2008）
『マリアナ・バケーション』（未知谷、2009）
『鷗外・ドイツみやげ三部作』（未知谷、2018）
『鷗外・ドイツ青春日記』（未知谷、2019）
（写真集）：
『ゴーギャンへの誘惑』（高文堂出版社、1990）
（論文・評論）：
『バネ仕掛けの夢想』（昧爽社、1978／教育出版センター、1981）
『文学の危機』（高文堂出版社、1985）
『サンタクロース学入門』（高文堂出版社、1997）
『児童文学におけるサンタクロースの研究』（高文堂出版社、1998）
『サンタクロース学』（夏目書房、2001）
『「舞姫」——エリス、ユダヤ人論』（編著、至文堂、2001）
『サンタ・マニア』（のべる出版、2008）
『漱石の初恋』（未知谷、2014）

Dr.エポック　くたばれヤンキース！

二〇二一年九月十五日印刷
二〇二一年九月三十日発行

著者　荻原雄一
発行者　飯島徹
発行所　未知谷
東京都千代田区神田猿楽町二 - 五 - 九　〒一〇一 - 〇〇六四
Tel.03-5281-3751／Fax.03-5281-3752
［振替］00130-4-653627
組版　柏木薫
印刷・製本　モリモト印刷
カバー絵　細江波瑠

Publisher Michitani Co. Ltd., Tokyo
ISBN978-4-89642-649-6　C0093